KEN FOLLETT
& »René L. Maurice«

COOL

Der Bankraub von Nizza

Originaltitel:
Under The Streets of Nice

Published by Agreement with Star Agency Productions

ISBN 3-929017-04-0

Gesamtherstellung:
PMS PRINT & MEDIA SERVICE
Alsterdorfer Straße 80
2000 Hamburg 60
Telefon 040 / 511 30 69
FAX 040 / 511 96 68

PROLOG

»Ein monumentaler Coup«

Schlagzeile im >Nice Matin<
am 21. Juli 1976

Es verspricht, wieder einmal ein sehr heißer Tag zu werden.

Die Sonne geht um acht Minuten nach sechs auf, und bereits wenig später beginnt Nizza in der flirrenden Hitze zu dampfen. Touristen sitzen auf schattigen Balkonen beim petit dèjeuner, Autofahrer öffnen ihre Cabrios, Kellner lassen die Markisen der zahlreichen Straßencafés herunter.

Einige Frühaufsteher haben bereits ihre Badematten auf dem steinigen Strand ausgebreitet. Gutgebaute, braungebrannte Mädchen legen die Oberteile ihrer Bikinis ab und zeigen ihre wohlproportionierten Brüste. Die Einheimischen sehen mit unverhohlener Lust zu, während die Touristen so tun, als sei dieser Anblick für sie das Selbstverständlichste der Welt.

Der Verkehr auf der sechsspurigen Promenade des Anglais scheint jede Minute um einige Fahrzeuge zuzunehmen und beginnt, die warme Mittelmeerluft zu verpesten.

Es wird wieder ein heißer Tag - für die Urlauber, die Autofahrer, die Kellner, und diesmal auch ein besonders heißer Tag für Pierre Bigou. Das Thermometer zeigt bereits jetzt fast dreißig Grad Celsius an.

Bigou ist Leiter in der Hauptstelle der Bank »Societé Générale« an der Avenue Jean-Médecin Nummer 8 in Nizza. Für ihn, den Bankbeamten, hat dieser 19. Juli 1976 begonnen wie jeder Montagmorgen in seinem bisherigen Leben.

In der hohen Schalterhalle des altehrwürdigen Geldinstituts ist es angenehm kühl und ruhig. Hemdsärmelige Kassierer und Schalterangestellte bereiten sich auf das Tagesgeschäft vor. Um halb neun soll geöffnet werden.

Zeitvergleich. Bigou blickt kurz auf die große Wanduhr und ist zufrieden: zwei Minuten vor halb neun. Er geht langsam in sein

Büro, läßt die Tür offen und vertieft sich in die Morgenzeitung. Jahrelang arbeitet er nun schon in dieser Bank, hat es zum leitenden Angestellten gebracht; es gibt niemanden, der ihm das Zeitunglesen während der Arbeit verbieten kann.

Van Impe hat die 63. Tour de France gewonnen. Das amerikanische Raumschiff Viking I ist unterwegs zum Mars. Der Wetterbericht kündigt einen warmen Sommertag an. Na, also!

Heute ist der Tag des Heiligen Arsène. Ein katholischer Heiliger, der nichts mit jenem legendären Arsène Lupin zu tun hat, dem französischen Robin Hood, dem Schutzpatron der Taschendiebe.

Es ist genau halb neun. Zwei Bankangestellte schlendern an Bigous Tür vorbei, zur Treppe, die in das Untergeschoß zum Tresorraum führt. Jeden Morgen die gleiche Routine: Jeweils zwei Angestellte müssen den Tresor öffnen. Die Schalterbeamten der unteren Gehaltsstufen wechseln sich dabei gegenseitig ab. Diese Woche sind die beiden dran. Die großen Schlüssel, die sie in der Hand halten, tragen die Initialen FB. Es ist das Firmenzeichen von »Fichet-Bauche«, Frankreichs größtem Safe- und Schloß-Hersteller.

Die beiden Stahlgitter am Fuß der Treppe gleiten sanft, beinahe geräuschlos, in die dicken Betonwände. So weit, so gut.

Die Stahltür dahinter, die den Weg zum Tresor versperrt, hat es allerdings in sich: Sie ist fünfzig Jahre alt, einen Meter dick und zwanzig Tonnen schwer. Selbst Laser-Strahlen, so erzählt man sich, können diesem Monstrum nichts anhaben.

Zahlreiche Diskussionen hat es im Lauf der letzten Jahre zwischen der Bank und der Versicherungsgesellschaft, Lloyds of London, gegeben. Dabei ist es um eine moderne Alarmanlage für das Geldinstitut gegangen. Doch beide Parteien sind schließlich zu dem Schluß gekommen, daß diese mächtige Stahltür mit absoluter Sicherheit nicht zu knacken sei, und haben schließlich auf die teure Neuanschaffung von versteckten Kameras, Fotozellen und Sirenen verzichtet.

Allerdings hat es einen Kunden gegeben, der sich über die fehlende Alarmanlage beschwert hat. Aber es ist nur ein pensionierter Polizist, von dem man annimmt, er lese zu viele schlechte Krimis. Niemand nimmt diesen alten Herrn wirklich ernst.

Es ist genau acht Uhr vierunddreißig, als die beiden Angestellten ihre zwei Schlüssel gleichzeitig in die mächtige Tür stecken. Der Mechanismus besteht aus solider, alter Handarbeit: Zwei Paar Stahlbolzen, die die Tür mit der Mauer verbinden: Stecken die Schlüssel, dann können die Männer die Bolzen aus der Wand ziehen, indem sie drei große Räder an der Tür drehen. Für die Horizontal-Bolzen eine Vierteldrehung nach rechts, für die Vertikal-Stäbe eine Vierteldrehung nach links. Während dieser umständlichen Prozedur können die Angestellten das leise Quietschen des Öffnungsmechanismus aus dem Innern der Tür hören.

Acht Uhr fünfunddreißig: Das Schloß hat die Bolzen freigegeben. Einer der Männer stößt sanft mit dem linken Arm gegen die Tür.

Nichts geschieht.

Das zwanzigtonnenschwere Ungetüm rührt sich keinen Millimeter von der Stelle.

Von diesem Moment an soll es für Pierre Bigou nicht mehr ein Montag wie jeder andere werden.

Die beiden Angestellten sehen sich zuerst etwas verwundert an, zucken mit den Schultern und fangen noch einmal von vorn an.

Zwei Schlüssel ins Schloß.

Rad Nummer eins: Eine Vierteldrehung nach rechts, dann eine Vierteldrehung nach links.

Rad Nummer zwei: Eine Vierteldrehung nach rechts, eine Vierteldrehung nach links.

Rad Nummer drei: Eine Vierteldrehung nach rechts, eine Vierteldrehung nach links.

Beschwörend flüstert einer der beiden: »Sesam, öffne dich!«

Wieder ein sanfter Stoß gegen die Tür. Nichts. »Was ist denn los ?« fragt eine Stimme.

Die beiden Angestellten drehen sich um und sehen einen Angestellten auf der Treppe stehen.

»Nichts Besonderes«, antwortet der eine. »Es ist nur die Tür.

Die klemmt.«

Der Kunde grinst: »Wenn sie schon nicht in den Tresorraum kommen, dann kann man ja ganz sicher sein, daß diese Bank von niemandem ausgeraubt wird.«

Die zwei Angestellten lächeln dünn und versuchen die ganze Prozedur zum drittenmal.

Inzwischen hat sich eine kleine Menschenmenge auf der Treppe angesammelt. Der Sarkasmus, der aus einigen Bemerkungen der Kunden klingt, ärgert die beiden an der Stahltür. Aber sie nehmen es wortlos hin. Die »Societé Générale« ist eine seriöse Bank. Der Kunde ist König. Immer.

Um zehn vor neun geben die beiden Männer schließlich auf. Sie entschuldigen sich bei der wartenden Menge und gehen nach oben, um ihren Vorgesetzten zu informieren.

Die Temperatur steigt weiter an.

Der Bankdirektor kommt persönlich, um sich bei der wartenden Kundschaft zu entschuldigen.

Jacques Guenet ist ein vertrauenerweckender Mann, sechzig Jahre alt, kräftig gebaut und wohlbekannt als Vizepräsident des Rugby-Clubs von Nizza. Man sagt ihm nach, er habe ›nerfs solides‹ - Nerven wie Drahtseile.

Guenet lächelt bedauernd und spricht mit ruhiger, gelassener Stimme. Ein fürchterlicher Umstand sei das, stimmt er den Wartenden zu. Aber schließlich sei eine klemmende Tür doch noch nicht das Ende der Welt, oder?

In wenigen Minuten werde ein Fachmann zur Stelle sein. Aber er könne nicht sagen, wie lange der brauchen werde, um das Monstrum zu öffnen.

Während er die Leute die Treppe hinaufkomplimentiert, sagt er: »Darf ich sie bitten, heute Nachmittag um zwei Uhr wiederzukommen? Ich bin sicher, daß dann alles in Ordnung sein wird. Es ist nur eine kleine Störung, an der mit Sicherheit diese fürchterliche Hitze schuld ist...«

Als er zur Tresortür zurückkommt, steht Pierre Bigou dort und sieht den beiden Angestellten zu, die es noch einmal versuchen.

Noch ein letztes Mal. Weder Bigou noch Guenet sind sonderlich bestürzt über dieses Ereignis: Das Schloß hat in seiner fünfzigjährigen Existenz schon einmal geklemmt. Der Schlosser brauchte damals nur einen einzigen Tropfen Öl - und die Tür ging auf.

Die beiden Angestellten drehen jetzt schon zum x-ten Mal an den drei großen Rädern - die Tür rührt sich immer noch nicht.

Es ist neun Uhr. Pierre Bigou geht zurück in sein Büro, greift zum Telefonhörer und wählt die Nummer 80 97 61. Das ist die Niederlassung von »Fichet-Bauche« in Nizza. Die Leitung ist besetzt. Er wirft einen kurzen Blick auf die Morgenzeitung: Zwei deutsche Touristen sind erschossen worden, ein Zuhälter hat für seine Mädchen die stolze Summe von zweihundertvierzigtausend Francs erhalten.

Bigou, den ein respektloser Mitarbeiter einmal »Sankt Peter« genannt hat, schaudert innerlich.

Das Nizza der siebziger Jahre ruft unweigerlich die Erinnerung an das Chicago der dreißiger Jahre wach. Bürgermeister Jacques Médecin hat zwar dieser Stadt ein neues Gesicht gegeben. Äußerlich, ja. Aber er konnte nicht verhindern, daß gleichzeitig mit dieser Wandlung auch die internationale Rauschgift-Mafia ihr neues Domizil fand.

Das »Milieu« ist in zwei Lager gespalten - auf der einen Seite Italiener, auf der anderen die Korsen. Zwölf Nachtclubbesitzer sind innerhalb eines einzigen Jahres ermordet worden. Auf der Promenade des Anglais kann man alles kaufen - vom Kokain bis zum Strichjungen. Man behauptet, Nizza sei die korrupteste Stadt Frankreichs.

Bigou schaudert wieder. Diese Verbrecher!

Könnte es möglich sein, daß die klemmende Tresor-Tür... Nein, da müßte man doch Spuren sehen. Niemand kann diese Tür unbemerkt geöffnet haben.

Verdammt noch mal, niemand Fremder kann diese Tür überhaupt jemals öffnen, Punkt. Davon ist ja selbst die Versicherung hundertprozentig überzeugt. Und gerade die sind doch immer die Ersten, die nach noch mehr Sicherheit rufen.

Bigou greift wieder zum Hörer und wählt die Nummer. Diesmal ist die Leitung frei.

»Hallo, ist dort ›Fichet-Bauche‹? - Hier ist Bigou von der ›Societé Générale‹... Können Sie uns sofort jemanden rüberschicken? - Nein, das Schloß scheint zu funktionieren, aber die Tür klemmt... Gut, ich warte auf Sie.«

Um neun Uhr fünfzehn biegt ein gelbschwarzer Renault 4L, mit der Aufschrift ›Fichet-Bauche‹, in die Avenue Jean Médecin. Bigou ist erleichtert. Jetzt hat er endlich bald wieder Ruhe...

Guenet und Bigou gehen mit den beiden Schlossern von ›Fichet-Bauche‹ die Treppe runter. Die Spezialisten sind guter Dinge, als sie die schwere Tür untersuchen. Als wollten sie sagen: »Ist nur 'ne Kleinigkeit, das haben wir gleich.«

Sie bitten um absolute Ruhe, stecken die beiden Schlüssel in die Tür, drehen sie Millimeter um Millimeter weiter, während sich ihre Ohren völlig auf die Geräusche in der Tür konzentrieren.

Schließlich dreht sich einer von ihnen zu Guenet um: »Das Schloß arbeitet einwandfrei. Ich kann Ihnen versichern, daß der Mechanismus vollkommen in Ordnung ist.«

Einen Augenblick lang herrscht Schweigen. Dann holt Guenet tief Luft und fragt auffordernd: »Nun?«

Der Schlosser zuckt die Achseln.

»Warum läßt sich die Tür dann nicht öffnen?« will Guenet wissen.

»Da muß wohl irgendwas im Tresor die Tür blockieren. Das ist die einzige Möglichkeit«, antwortet der Schlosser.

Der Banker starrt den Handwerker ungläubig an. Das ist für ihn einfach undenkbar. »Nein, das kann ich nicht glauben«, murmelt er.

Guenet dreht sich um und sieht auf der Treppe einige neugierige Angestellte. »Gehen Sie zurück, gehen Sie an Ihre Plätze«, befiehlt er gereizt. »Ich will hier auf der Treppe niemanden mehr sehen!«

Die Angestellten ziehen betroffen ihre Köpfe ein und eilen davon.

Die Vier starren ratlos auf die Tür. Es gibt einfach keine Möglichkeit, sie zu öffnen. Und schließlich ist sie ja gebaut worden, um eben das zu verhindern.

»Wenn wir nicht durch die Tür kommen, dann müssen wir eben außen rum«, bemerkt einer der Schlosser gleichmütig. »Wir müssen ein Loch in die Wand bohren!«

Die Blicke der Handwerker richten sich erwartungsvoll auf Guenet. Der denkt an die Kosten, den Lärm, all die Unannehmlichkeiten und den guten Ruf der Bank.

»Keine Alternative?« fragt er schließlich.

»Keine Alternative!«

Guenet seufzt: »Dann gehen Sie durch die Wand!«

Das hätte er sich nicht träumen lassen - einmal in seinen eigenen Tresor einbrechen zu müssen.

Bigou geht nach oben und kommt wenig später mit einigen Blaupausen wieder zurück.

Ein paar Minuten lang studieren die Männer von ›Fichet-Bauche‹ die Tresorpläne. Schließlich malt einer von ihnen ein schwarzes Kreuz an die Wand, rechts neben der Tür. Dort ist laut Plan die Wand am dünnsten.

Um neun Uhr dreißig schalten sie den elektrischen Bohrer ein.

Es ist eine Menge Arbeit.

Erst bohren sie sieben oder acht kleine Löcher im Abstand von einigen Zentimetern in die Wand. Dann greifen sie zu Hammer und Meißel, um den Beton zwischen den Löchern wegzuschlagen. In wenigen Minuten ist der Fußboden am Treppenende mit Zementbrocken übersät. Staub breitet sich aus, die Männer sind verdreckt. Sie husten, schwitzen, fluchen.

Um zwölf Uhr mittags werfen sie das Werkzeug hin. Das Loch hat jetzt einen Durchmesser von rund zwanzig Zentimetern. Noch nicht groß genug, um einen Menschen durchkriechen zu lassen. Aber reinschauen kann man schon.

Guenet kommt, um zu sehen, wie weit die Leute sind. Ein Schlosser steckt seinen Kopf durch das Loch. »Putain de merde«, zischt er leise. »Verdammte Hurenscheiße« - er zieht seinen Kopf vorsichtig wieder zurück, dreht sich um und starrt Guenet an: »Ihr seid beraubt worden!«

Das Thermometer zeigt vierunddreißig Grad Celsius an, und die Temperatur steigt immer noch.

Jacques Guenet, dieser bärenstarke Sportsmann ohne Nerven, steht an dem Loch und zittert. »Es ist nicht wahr«, sagt er benommen. »Es ist nicht wahr.«

Im Tresor sieht es aus wie auf einem Schlachtfeld. Schecks liegen verstreut auf dem Boden, Aktien und Schuldverschreibungen. Schmuckstücke liegen herum, als sei ihrer jemand überdrüssig geworden und habe sie fortgeworfen. Ein Armband, eine Halskette, ein ziselierter Pokal. Zwei Gasflaschen ragen aus dem Schutt. Bestürzt starren die beiden Schlosser den fassungslosen Bankdirektor an.

Der scheint im Moment nicht in der Lage zu sein, auch nur einen einzigen klaren Gedanken zu fassen. Ein Handwerker tippt ihm auf die Schulter: »Reißen Sie sich zusammen, Sie müssen die Polizei anrufen!«

Guenet dreht sich um: »Niemand darf etwas davon erfahren«, sagt er wie in Trance. In seiner panikartigen Stimmung klammert er sich an die ebenso geringe wie sinnlose Hoffnung, daß die Einbrecher vielleicht im Tresor nur ein blindwütiges Chaos angerichtet haben, ohne wirklich etwas mitzunehmen.

Alle anderen wissen es besser.

»Sie müssen die Polizei verständigen«, redet der Schlosser beschwörend auf ihn ein.

Als Guenet langsam wieder zu sich kommt, bringt er nur ein kurzes, stummes Nicken zustande.

Er geht die Treppe hinauf, in sein Büro. Alle, die ihn neugierig ansprechen, läßt er wortlos stehen.

Wie ein nasser Sack fällt er in den ledernen Chefsessel. Dann greift er zum Telefon und wählt die Nummer der Polizei.

Kommissar Albertin hat sein Büro nur hundertfünfzig Meter von der Bank entfernt, in der Avenue du Maréchal Foch.

»Hier ist die ›Societé Générale‹. Wir sind beraubt worden«,

spricht Guenet matt in die Muschel.

»Berühren Sie nichts«, antwortet Albertin schnell. »Wir sind schon auf dem Weg.«

Jacques Albertin könnte man eigentlich eher für einen jungen Industrie-Manager halten als für einen Polizisten. Er ist fünfunddreißig Jahre alt, groß, schlank und Brillenträger. Seine elegante Kleidung und der Messerhaarschnitt passen nicht zu einem Mann, der sich sein Leben lang mehr oder weniger mit Ganoven herumschlagen muß.

Als er mit zwei jüngeren Detektiven die Treppe zum Tresorraum hinuntereilt, haben die zwei Männer von ›Fichet-Bauche‹ das Loch in der Wand bereits auf einen Durchmesser von rund fünfundvierzig Zentimetern vergrößert.

Guenet erklärt in knappen Worten, warum die beiden Handwerker hier sind und warum sie das Loch überhaupt in die Wand geschlagen haben.

Albertin späht durch die Öffnung und dreht sich gleich darauf zu seinen beiden Assistenten um. »Lecocq, Sie sind der Schlankste. Versuchen Sie, ob Sie durch das Loch kommen!«

Vorsichtig steckt Inspektor Lecocq seinen Kopf durch die Öffnung. Schließlich dreht er sich wie eine Schraube mit den Schultern zuerst in das Loch hinein. Auf halbem Weg hält er ein: Seine Hose hat sich auf dem rauhen Beton festgehakt. Er zögert, dann gibt er sich einen Ruck. Man hört Stoff zerreißen. Aber Lecocq fackelt nicht lange. Er knöpft die Hose auf und windet sich ohne durch die Maueröffnung.

Er zieht den Revolver aus dem Schulterhalfter, weil er nicht weiß, ob sich vielleicht noch jemand im Tresor befindet.

Als erstes bemerkt er einen widerlichen Gestank: eine Mischung aus Rauch, verbranntem Gummi und menschlichen Exkrementen. Dann sieht er die Werkzeuge: Bohrer, Hammer, Lötlampen, Gasflaschen, Handschuhe und Gesichtsmasken.

Auf dem Boden liegen Ringe, silberne Tafelbestecke, ein Barscheck über 50 000 Francs, ein dickes Bündel mit Fünfhundert-Francs-Noten, Aktien, persönliche Briefe und jede Menge Verträge.

Der Schutt auf dem versengten Linoleum-Boden ist fast acht Millionen Francs wert. Die Diebe haben ihn einfach liegengelassen.

Lecocq bewegt sich vorsichtig durch den Tresorraum, den Revolver immer in der Hand. Er blickt hinter einen umgestürzten Safe, entdeckt einen Haufen Kies und Bruchsteine, schließlich ein ein Meter breites Loch in der Wand. Und einen Tunnel, der nicht enden will.

Jetzt weiß er, wie die Gangster hier reingekommen sind. Der Inspektor dreht sich um. Seine Augen bleiben an einer wunderschön gravierten Silberschale hängen, und ihm wird übel. Das Gefäß ist voller Kot...

Er geht zurück zum Tresor-Eingang. Draußen sind Kommissar Albertin und Monsieur Guenet schon ungeduldig geworden.

»Was für eine Sauerei«, flucht Lecocq. »Die sind von der Rue Gustave Deloye hereingekommen - durch einen Tunnel.«

»Die Abwasserkanäle«, sagt Albertin. »Die müssen die Abwasserkanäle benutzt haben.« Einen Moment lang denkt er nach. »Bleiben Sie hier«, befiehlt er Lecocq. »Ich schicke zwei Männer los. Sie sollen von der Straße aus versuchen, hereinzukommen.«

An der Kreuzung der Rue de l'Hotel-des Postes und der Rue Gustave Deloye, gegenüber vom Fahrradständer, den auch die Bankangestellten benützen, schieben zwei Polizisten einen schweren Gullideckel zur Seite und steigen in den Kanal.

Am Fuß der Stahlleiter schwappt schmutziges, stinkendes Wasser über ihre Schuhe. Langsam bewegen sie sich in Richtung Norden vorwärts. Der Kanal verläuft unter der Rue Gustave Deloye. Drei Meter vom Einstieg entfernt entdecken sie im Schein ihrer Taschenlampen den Tunnelanfang.

Es müssen Fachleute gewesen sein. Die Decke des Tunnels ist mit Grubenstempeln abgestützt.

Die Wände sind sauber verputzt, der Boden ist mit einem Sisalläufer ausgelegt. Sie entdecken ein Elektrokabel, das sich den Fußboden entlangschlängelt, einer von ihnen stolpert über einen Schneidbrenner.

Nach acht Metern stehen sie vor dem Loch in der Tresorwand. Sie können Inspektor Lecocq erkennen und müssen unweigerlich grinsen. Er steht da in Unterhosen, Socken und Schuhen, den Revolver hält er immer noch in der rechten Hand.

Von nun an gehört diese Bank nicht mehr dem sportlichen Direktor Jacques Guenet. Jetzt hat hier die Polizei die Geschäfte übernommen.

Albertin und seine Männer, die zuerst auf dem Schauplatz erschienen sind, bekommen Verstärkung: Kommissar Tholance und das Überfallkommando sowie Oberkommissar Duma und einige Leute der ›Sûreté Urbaine‹. Die Untersuchung leitet jetzt Hauptkommissar Claude Besson - ein unscheinbarer Endvierziger, der in seiner Laufbahn schon öfter für Schlagzeilen gesorgt hat. Erst vor kurzem brachte er neun gerissene Rechtsanwälte wegen Steuerhinterziehung hinter Gitter.

Inspektor Jacob, der Polizeifotograf, lichtet mit seiner Rolleiflex jeden, aber auch jeden Winkel des Tresors ab. Der bärtige Jacob besitzt eine verblüffende Ähnlichkeit mit dem bekannten französischen Fernsehkommissar Bourrel. Seine Kollegen ziehen ihn deswegen gern auf.

Als Jacob fertig ist, beginnen die anderen Beamten mit der Sicherung des Beweis- und Spurenmaterials. Alles in allem dürfte es gut eine Tonne schwer sein.
Immerhin findet die Polizei im Tresor und im Abwasserkanal:

- 40 Sauerstoff-Flaschen
- 3 Schneidbrenner
- 10 Kneifzangen
- 2 aufblasbare Schlauchboote
- einen Rauchabzug mit einem mindestens fünfzig Meter langen Schlauch
- 20 Brecheisen
- wasserdichte Overalls, wie sie von Kanalarbeitern getragen werden
- Gummihandschuhe, Handschuhe und Regenmäntel
- Weinflaschen mit der Marke ›Margnat-Village‹

- Mineralwasserflaschen
- Schutzbrillen zum Schweißen
- Lebensmittel
- einen tragbaren Campingkocher mit Benzin-Kanister
- mehrere Kisten Zigarren

Während einige Beamte eine Liste mit allen gefundenen Gegenständen anfertigen, stopft eine andere Gruppe alles andere in große Plastiktüten.

Dies ist ein ekelhafter Job. Das ganze Wochenende haben hier Leute im Tresor gehaust, die keinerlei sanitäre Anlagen hatten. Die Polizisten, die hier aufräumen, nennen sich deshalb auch scherzhaft die ›Jauche-Truppe‹. Immer wieder müssen sie Pausen einlegen, um frische Luft zu schnappen.

Insgesamt fünfunddreißig Plastiksäcke füllen die Werkzeuge, die zerstreuten Wertpapiere und die zurückgelassenen Schmuckstücke.

Über einige der aufgebrochenen Schließfächer können sich die Beamten nur wundern: Ein Stapel Porno-Fotos, Amateuraufnahmen, die nackte Männer und Frauen beim Gruppensex zeigen. Pikant dabei ist, daß unter den Nackten einige der Mitglieder der sogenannten High Society von Nizza sind. Die Einbrecher haben einige der Fotos an die Wand geklebt.

Noch merkwürdiger ist eine Tüte, in der sich Lebensmittel befinden. Suppenkonserven, vier Pfund Zucker, einige Stückchen Kuchen und eine Tafel Schokolade. Wer, in Gottes Namen, packt sowas in den Safe?

Einer der Bankangestellten weiß eine Erklärung dafür: »In Nizza gibt es viele Pensionäre, die hier so ihre kleinen Geheimnisse verstecken. Manche kommen nachmittags zu uns und rauchen verstohlen eine Zigarette im Tresorraum oder stopfen Süßigkeiten in sich hinein. Hier merken es weder der Ehepartner noch der Arzt.«

Und die Suppenkonserven? »Die Erinnerung an den Krieg, an den Hunger, steckt einigen Leuten noch heute in den Knochen. Das ist halt der Hamstertrieb.«

»Es gibt aber auch andere - einer unserer Kunden schreibt hier seine Memoiren. Er holt sich morgens das Manuskript aus dem Safe, arbeitet den ganzen Tag über daran und schließt es abends wieder ins Wertfach. Sicher«, der Bankangestellte hebt die Schultern, »das sind Exzentriker. Aber warum sollen wir uns da einmischen?«

Ein junger Polizeibeamter nimmt Haltung an und meldet sich respektvoll bei Kommissar Besson: »Sehen Sie nur, die Einbrecher haben eine Nachricht hinterlassen.«

In großen, deutlichen Buchstaben sind sieben Worte an die Wand geschmiert: »Sans armes, sans haine et sans violance.« Ohne Waffen, ohne Haß und ohne Gewalt. Daneben ein keltisches Kreuz, Symbol einer verbotenen rechts-extremistischen Organisation namens ›Occident‹.

Besson macht sich eine Notiz, und Jacob fotografiert.

Auch das Rätsel um die klemmende Tür ist schnell gelöst: Die Bankräuber haben sie ganz einfach von innen zugeschweißt. Eine reine Vorsichtsmaßnahme für den zwar unwahrscheinlichen, dennoch möglichen Fall, daß jemand von der Bank am Wochenende auf die Idee kommen sollte, den Tresorraum zu betreten.

Die Beamten machen weitere Entdeckungen in der Kanalisation. Ein Tunnel, der unter der Rue de l'Hôtel endet, ist als Schuttabladeplatz für ausgehobenes Erdreich und Bauschutt benutzt worden.

Das weiße, elektrische Kabel, das mit Haken an der Kanaldecke befestigt ist, führt dreihundert Meter durch die Kanalisation, dann durch einen Siphonraum (die Stadtverwaltung benutzt ihn zum Messen des jährlichen Niederschlags), bis in die Tiefgarage unter der Place Massena. Dort endet es in einem ganz normalen Stecker, für den die Stadt ›kostenlos‹ die Elektrizität lieferte.

Andere Polizisten folgen der Spur der weggeworfenen Gummistiefel, Lötlampen und -kolben, der Schaufeln und Bohrer. Sie weisen den Weg durch die Kanäle unter der Rue Gustave Deloye, der Rue St. Michel, links hinein, in die Rue Gioffredo, dann wieder rechts unter die Rue Chauvain bis zur Abzweigung Rue Félix Faure. Hier stoßen die Beamten auf keinen der vielen Abwasserkanäle, nein, auf eine breite, unterirdische Straße.

Nizzas großer Fluß, der Paillon, der im Sommer fast ausgetrocknet ist, führt im Winter sein Bett durch vier breite, unterirdische Tunnel bis ins Meer. Das Flußbett ist in diesen Tunneln von je zwei Straßen flankiert, auf denen die Arbeiter die Kanalisation inspizieren. Zwei Autos können darauf aneinander vorbeifahren. Über diesen unterirdischen Weg haben die Einbrecher die Abwasserkanäle unbehelligt erreicht.

Ein Polizist folgt der Straße über mehr als eineinhalb Kilometer in Richtung Norden. Dort tritt sie hinter dem Messegelände an die Oberfläche. Im Sand des ausgetrockneten Flußbetts findet der Beamte die Reifenabdrücke eines Landrovers.

Das Bild ist jetzt klarer.

Inzwischen bemühen sich im Tresor Jacques Guenet, Pierre Bigou und Hauptkommissar Claude Besson einen ersten Überblick über das Ausmaß der Beute zu bekommen, die die Einbrecher bei ihrem Supercoup gemacht haben.

Der Tresor besteht aus drei Räumen. Im größten befinden sich die viertausend Schließfächer der Bank. Dreihundertsiebzehn davon sind aufgebrochen. In die Stahlkammer, in das ›Herz‹ der Bank, ist auch eingebrochen worden. Die zusätzliche Stahltür, die dahin führt, ist ebenfalls geknackt und sämtliche Reserven der Bank, an Goldbarren und Bargeld, sind fort.

Der dritte Raum dient als Nachttresor. Nach Geschäftsschluß werden hier die Tageseinnahmen deponiert. Von der Straße aus werden Geldbomben durch einen Schlitz in einen Schacht geworfen, der hier endet. Sowohl die Einnahmen des größten Kaufhauses der Stadt als auch die des umsatzstärksten Supermarktes haben die Einbrecher mitgehen lassen.

Guenet, Bigou und der Hauptkommissar können vorerst nur schätzen. Aber selbst diese Schätzung wagt niemand laut auszusprechen: Rund sechzig Millionen Francs, es können aber auch hundert Millionen Francs sein.

Es ist der größte Bankraub aller Zeiten.

Claude Besson, dieser unscheinbare und doch so erfolgreiche Beamte, ist nicht leicht zu beeindrucken. Die Kriminalität, die in

Frankreich bis in die höchsten Finanzkreise und in die höchste Politik reicht, die kennt er. Gerissene Anwälte mit ihren hochkarätigen Klienten können ihn nicht beirren. Kleine und große Rauschgifthändler hat er bis jetzt immer noch aufs Kreuz gelegt. Er war ihnen stets eine Nasenlänge voraus.

Aber diesmal ist auch Claude Besson beeindruckt. Was er hier sieht, entlockt ihm einen anerkennenden Pfiff durch die Zähne.

Dieser Supercoup muß geplant worden sein, wie ein militärisches Kommandounternehmen.

Die Werkzeuge, die Energieversorgung, überhaupt - wie die an den Tresor gelangt sind... »Mon Dieu!«

Der Rauchabzug, der sonst nur von der Industrie verwendet wird. Das Essen, der Wein... Das müssen mindestens zehn, vielleicht sogar zwanzig Leute gewesen sein. Diese Ausrüstung - monatelanges Planen - tagelange Arbeit im Tunnel - eine Menge Lärm hat das verursacht - aber niemand hat etwas gesehen - niemand hat etwas gehört.

Immer wieder schießen ihm all diese Fakten durch den Kopf: Der Mann, der diesen Coup ausgetüftelt hat, muß ein Denker, ein Führer, ein Organisator gewesen sein - ein Genie.

Und er muß vorsichtig gewesen sein: Nicht eine einzige Spur, die bis jetzt auf seine Identität schließen läßt.

Das ist der Mann, auf den Claude Besson Jagd machen muß. Das ist sein Gegner. Ein hartes Stück Arbeit!

I.
DER MANN HINTER DEM BANKRAUB

Ich begrüße alle Anzeichen dafür,
daß ein männlicheres,
ein kriegerisches Zeitalter anhebt,
das vor allem die Tapferkeit
wieder zu ehren bringen wird.

FRIEDRICH NIETZSCHE
Spaggiaris Lieblingsphilosoph

Albert Spaggiari wird 1932 in dem Dorf Laragne in den französischen Alpen geboren. Er ist gerade zweieinhalb Jahre alt, als der Vater stirbt. Seine Mutter, eine wohlhabende, unabhängige Frau, zieht mit Albert nach Hyères, in der Nähe von Toulon. Sie eröffnet dort ein kleines Geschäft für Damenunterwäsche, das sie ›Caprice des Dames‹ nennt. Der Laden läuft gut, doch trotz ihrer so geliebten Unabhängigkeit heiratet sie wieder.

Albert haßt seinen Stiefvater.

Zuerst besucht er die örtliche Anatol-France-Volksschule, aber er kann sich nicht unterordnen. Deshalb schickt ihn der Stiefvater auf das St.-Joseph-Institut, eine strenge Privatschule. Albert ist todunglücklich.

Mit zwölf reißt er zum ersten Mal aus. Als ihn die Polizei wieder zu Hause abliefert, schreibt seine Mutter an den Direktor des Internats:

»Bert ist ein guter Junge. Er ist ehrlich, mutig und treu. Wenn er auch sehr impulsiv ist, so ist er doch kein Raufbold.«

Mit fünfzehn wechselt er zum Jean-Aicard-Gymnasium.

Er ist nur ein mittelmäßiger Schüler, entwickelt jedoch eine Leidenschaft für Literatur, ganz besonders für politische Aufsätze und Abenteuerromane. Und er zeigt ungewöhnlich viel Fantasie. Während er mit seinem Luftgewehr auf Blechbüchsen schießt, stellt er sich vor, seine Ziele seien Menschen. Niemals jedoch schießt er, wie seine Schulkameraden, auf Vögel oder andere Tiere.

Beim Lesen stößt er auf Salvatore Giuliano, einen sizilianischen Banditen und Volkshelden der späten Vierziger. Er verschlingt förmlich alles, was über Giuliano gedruckt ist. Er träumt davon, seinem Helden eines Tages gegenüberzustehen.

Mit 16 reißt er zum zweiten Mal aus. Er will nach Italien. Per Schiff fährt er zunächst nach Tunesien, trampt die nordafrikanische Küste entlang, bis er schließlich eine Fähre nach Sizilien findet.

Doch die Reise endet bereits an der italienischen Paßkontrolle: Bert wandert ins Gefängnis und wird ein paar Tage später zu seinem verhaßten Stiefvater zurückgeschickt - völlig verlaust und verwanzt.

Die Nachricht, die er auf dem Küchentisch der Eltern vor seiner Reise zurückgelassen hat, deutet bereits seine spätere Lebensphilosophie an: ›La cause en vaut les moyens.‹ Der Zweck heiligt die Mittel.

Viele junge Menschen sind schwer zu leiten, viele sind aufsässig, wollen nicht auf das hören, was die Erwachsenen sagen. Sie träumen - wie Albert - vom großen Abenteuer.

Mit zunehmender Reife wachen jedoch die meisten aus ihren Träumen auf.

Albert Spaggiari ist da anders. Er wird nie erwachsen.

Im Jahr 1950, als er 18 ist, meldet er sich freiwillig beim Indochina-Expeditions-Corps der französischen Armee. Damals sind die Franzosen noch nicht raus aus Vietnam und die Amerikaner noch nicht drin.

Asien ist genau das, was Spaggiari sich gewünscht hat. Er will die Welt sehen, und hier kann er seinen Durst nach Abenteuern stillen. Und noch eines: In dieser Kolonial-Gegend, die gleichzeitig Nährboden für rechtsextremistische Ideale ist, wird er seine politische Heimat finden. Das weiß er sofort.

Er ist dem 3. Fallschirmjäger-Bataillon zugeteilt, einer Elite-Einheit. Als Soldat bekommt er drei Auszeichnungen, bringt es jedoch nicht weiter als bis zum Corporal. Der Grund liegt in seiner Abneigung jeglicher Art von Befehlen gegenüber, die er selbst nicht versteht.

Albert wird 1954 wegen Diebstahls zu einer Haftstrafe von vier Jahren verurteilt. Er hat mit einigen Kameraden in Saigon ein Bordell aufgesucht. Bereits nach wenigen Minuten ist es zu einer wilden Schlägerei gekommen. Während die anderen Soldaten nach dieser Keilerei verschwinden, bleibt Spaggiari und nimmt die Kasse des Hauses mit.

Zwar sagen alle Beteiligten später aus, sie seien in diesem

Bordell betrogen worden und Spaggiari habe lediglich das Geld gerettet. Aber für das Militärgericht bleibt Spaggiaris Griff in die Kasse Diebstahl. Das Urteil lautet: Schuldig.

Während die Schlacht von Dien Bien Phu tobt, in der 20 000 französische Elitesoldaten vernichtend von Ho Chi Minhs Bauernarmee geschlagen werden, befindet sich Spaggiari als Gefangener an Bord der ›Pasteur‹. Auf dem Weg in die Heimat, aber in schweren Ketten.

Aufgrund einer Amnestie wird er 1957 aus dem Gefängnis entlassen. Er kehrt zu seiner Mutter nach Hyères zurück und beginnt in der Wohnung über dem Geschäft ein ruhiges, bürgerliches Leben.

Er lernt Marcelle Audi kennen, eine junge Krankenschwester. Er heiratet.

Audi - Albert nennt sie immer beim Nachnamen - ist ein kleines, hausbackenes Mädchen mit braunen Haaren und dunklen Augen. Lebhaft, energisch und präzise - sie ist die typische Krankenschwester. Meist trägt sie einfache, aber geschmackvolle, gepflegte Kleider. Sie hat ein gutes Herz und verfügt über einen gewinnenden Charme. Im Gegensatz zu Albert ist sie zurückhaltend. Sie sieht und hört den andern lieber zu, als sich in den Vordergrund zu spielen.

Die Ehe steht nicht unbedingt unter dem Stern unsterblicher Liebe. Was beide verbindet ist mehr eine tiefe, innige Freundschaft, mehr Loyalität als Treue, und es sind die gleichen politischen Ideen.

Audi entwickelt sich sehr bald zum Anker in Spaggiaris stürmischem Leben. Während er nur über unregelmäßige Einkommen verfügt, sorgt sie mit ihrem Beruf als Krankenschwester für einen gesicherten Lebensunterhalt.

Eine Zeitlang sieht es ganz so aus, als wolle sich Spaggiari mit dem bürgerlichen Leben abfinden, doch die Wahrheit sieht anders aus: Er erstickt am Landleben.

An einem Frühlingsmorgen wird der Ruf des Abenteuers unwiderstehlich. Er packt seine Sachen und besteigt mit Audi ein Schiff nach Dakar, der Hauptstadt der damals noch französischen Kolonie Senegal.

Er verdingt sich als Kupferschmied. Audi arbeitet als Krankenschwester. Sie haben beide alles auf eine Karte gesetzt. Sie wollen das große Glück machen. Doch das Glück stellt sich nicht ein.

1960 kehren die beiden niedergeschlagen nach Frankreich zurück.

Sie ziehen nach Nizza und wohnen an der Route de Marseilles, einem Arbeiter-Vorort. Da es für eine Krankenschwester in Frankreich erlaubt ist, sich selbstständig zu machen, baut sich Audi ihre eigene Praxis auf: Impft, gibt alle Arten von Spritzen und leistet Erste Hilfe. Spaggiari versucht sein Glück als Grundstücksmakler. Doch der Erfolg bleibt aus.

Es ist die Zeit des politischen Wandels in Afrika. Die Europäer ziehen sich teils unfreiwillig, teils auf eigenen Wunsch mit mehr oder weniger großen Schwierigkeiten aus ihren Kolonien zurück.

Im französischen Algerien tobt ein mörderischer Krieg - die Weißen im Lande wehren sich gegen die Enteignung.

Spaggiari heuert bei der ›Organisation Armée Secrete‹ an, der berüchtigten ›OAS‹. Wie die irische IRA rekrutiert sich die OAS aus Militanten der verschiedensten politischen Richtungen, alle sind jedoch stark rechts orientiert.

Die OAS ist in mehrere Gruppen unterteilt. So zum Beispiel in die ›Catena‹, die ihre Gleichgesinnten bei der Flucht vor der Polizei unterstützt, oder in das ›Commando Delta‹, die Killerorganisation der geheimen Armee. Sie bessert mit Dutzenden von Banküberfällen auch die Finanzen der OAS auf.

Nach der endgültigen Unabhängigkeit Algeriens verschwindet die OAS zwar aus dem Blickfeld der Öffentlichkeit, sie bleibt aber weiterhin das Sammelbecken für Rechtsradikale und Neo-Nazis.

Zu gern würde Spaggiari Mitglied des ›Commando Delta‹ werden, aber die Führer dieser Spezialeinheit halten ihn nicht für vertrauenswürdig genug. Ein Manko, unter dem er auch noch in Zukunft leiden wird.

General Charles de Gaulle ist bei den Mitgliedern der OAS verhaßt. Als Mann der Rechten hat er sich früher zwar öffentlich für ein französisches Algerien stark gemacht, als er jedoch Frankreichs Präsident wird, beugt er sich der Realität. Er läßt das französische Algerien fallen wie eine heiße Kartoffel. Die OAS fühlt sich verraten und verkauft.

1961 trifft sich Spaggiari an einem Madrider Swimming-pool heimlich mit Pierre Lagaillarde, dem ehemaligen Führer der rechtsgerichteten algerischen Studenten. Spaggiari zu Lagaillarde: »Ich stehe immer zu ihrer Verfügung. Ich führe jede Operation durch, die Sie befehlen!«

Im November des gleichen Jahres hat Spaggiari seine große Chance. Der verhaßte Präsident de Gaulle kündigt seinen Besuch in Hyères an. Seine Staatskarosse soll auch am ›Caprice des Dames‹ vorbeifahren, dem Wäschegeschäft von Spaggiaris Mutter. Albert schreibt einen Brief, den er in der italienischen Grenzstadt Vintimille aufgibt. Per Einschreiben, aber die Quittung unterschreibt er mit einem falschen Namen. Die melodramatische Nachricht lautet: ›Leutnant Lagaillarde, ich erwarte nur einen einzigen Befehl von Ihnen - den Befehl zur Exekution!‹

Spaggiari trifft am Morgen des 8. November 1961 in Hyères ein. Er kommt aus Nizza. Die Rolläden vor den Geschäften sind geschlossen, alles steht in Erwartung des hohen Besuchs. Albert besorgt sich heimlich den Schlüssel für den Wäscheladen. Im Hof der Mutter stellt er ein Fluchtmotorrad ab. Dann begibt er sich in die leere Wohnung, im ersten Stock des Hauses. Hier kennt er sich aus. Schließlich hat er jahrelang in dieser Wohnung gewohnt. Er steht am Fenster und hält ein Mauser-Gewehr in der Hand.

Um etwa vier Uhr nachmittags biegt der Konvoi des Präsidenten in die eigens zu diesem Anlaß umgetaufte ›Avenue Charles de Gaulle‹ ein. Trotz des schlechten Wetters steht der Staatschef in seiner Limousine, lächelt und winkt der jubelnden Menge zu.

Um vier Uhr zwölf ist de Gaulle genau in Spaggiaris Visier, weniger als fünf Meter von ihm entfernt - ein leichtes Spiel für den besten Schützen der Fallschirmjäger des Dritten Vietnam-Bataillons.

Doch Spaggiari drückt nicht ab. Lagaillarde hat ihm den erbetenen Exekutionsbefehl nicht geschickt. Der OAS-Chef hat den theatralischen Spaggiari und dessen Brief nicht ernst genommen.

Einmal in seinem Leben hat Spaggiari die Autorität eines anderen respektiert - das Schweigen Lagaillardes.

Im März 1962 durchsucht die Polizei eine Villa in Villefranche-sur-Mêr, einem der schönsten Orte der Côte d'Azur, zwischen Nizza und Cap Ferrat. Die Beamten finden eine Druckerpresse, auf der Flugblätter der verbotenen OAS hergestellt werden, sowie ein verstecktes Waffenlager. Eine kleine Gruppe von Extremisten wird festgenommen - darunter auch Spaggiari.

Das Gericht des Département Alpes-Maritimes verurteilt ihn zu vier Jahren Haft. Er wird in das St.-Martin-Gefängnis auf der Insel Ré eingeliefert. Seine Kameraden kommen mit Bewährungsstrafen davon.

Es ist nicht ganz klar, warum Spaggiari als einziger seine Strafe absitzen muß. Aber der Schluß liegt nahe, daß die Behörden von seinem Attentats-Versuch auf de Gaulle gewußt haben.

1966 wird er entlassen und kehrt zu seiner Frau und seinen Freunden nach Nizza zurück. Er beschäftigt sich mit Fotografie und eröffnet ein Stockwerk unter der Praxis seiner Frau, an der Route de Marseille Nummer 56, einen kleinen Laden. Er nennt das Geschäft ›Photo la Vallière‹.

Seine Abende verbringt er in Bistros und Bars. Er spricht oft mit Freunden von der OAS oder mit Kameraden aus Vietnam. Schließlich tritt er einer neuen, rechtsextremistischen Organisation bei, der bizarren ›SS Waffenbrüderschaft‹.

Während dieser Zeit reist er häufiger nach München, das damals als Zentrum des deutschen Neonazismus gilt. Audi erzählt den Leuten, er sei nach München gefahren, um Deutsch zu lernen, da er später einmal als Dolmetscher arbeiten wolle.

Doch das ist offensichtlich nur ein Vorwand. Denn Spaggiari hat nie richtig Deutsch gelernt und auch nie versucht, eine Stelle als Dolmetscher zu bekommen.

Dieser Abschnitt seines Lebens ist nach wie vor verschwommen. Es gibt Anzeichen dafür, daß er Kontakte mit allen möglichen Rechtsextremisten in Europa geknüpft hat, aber auch mit der amerikanischen CIA soll er ins Geschäft gekommen sein. Er hat Verbindung zu den italienischen Neo-Faschisten, und er steht im Verdacht, an Waffenschiebereien und Waffenschmuggel beteiligt gewesen zu sein.

Im Jahre 1969, als russische Panzer durch die Straßen von Prag rollen, hält sich Spaggiari unter falschem Namen und mit gefälschtem Presseausweis in der Tschechoslowakei auf. Er selber macht darüber immer nur vage Andeutungen. »Wir sollten etwas für unsere tschechischen Freunde tun«, sagt er. »Wir sollten den Patrioten in der CSSR helfen.«

Als Fotograf beweist er sein Talent. Er geht nach Nordafrika, lebt einige Zeit unter Nomaden in der Sahara und fotografiert ihr hartes Leben.

Über seine Tätigkeit als Fotograf bekommt er schließlich auch Zugang zur gehobenen Gesellschaft von Nizza. Er erreicht den offiziellen Status eines ›Hoffotografen‹ der Stadtverwaltung. Und es ist sicherlich nicht übertrieben, zu sagen, daß Nizza, damals wie heute, von der OAS regiert wird. Spaggiari fühlt sich zum ersten Mal wie zu Hause.

Seine Position erlaubt es ihm nun, mit den Reichen an einem Tisch zu sitzen, mit ihnen zu tafeln, mit ihnen zu bechern. Er beginnt, aufwendig zu leben, seine Trinkgelder werden bald zur Legende.

1972 kauft er sich einen verfallenen Bauernhof im Wald von Bézaudun, nicht weit von Nizza entfernt. Das Anwesen ist nicht teuer, und mit Hilfe eines einheimischen Bauunternehmers renoviert er das Gebäude. Die Fenster werden neu eingesetzt, Balkone angebaut, das Dach wird gedeckt und eine moderne Heizung installiert. Er verwendet durchweg Naturstein, Holz und braunrote Ziegel, damit das Haus perfekt ins Landschaftsbild paßt.

Die Arbeiten dauern Monate, bis Spaggiari und Audi endlich einziehen können. Beide hängen sehr an ihrem neuen Heim. Die Wände dekorieren sie mit Waffen, die Albert allerdings nie benutzt. Er bringt es nicht einmal übers Herz, die Kaninchen zu töten, die im Garten die Gemüsebeete ruinieren. Und wenn Audi ein Hühnchen schlachten will, so muß sie es zum nächsten Metzger bringen.

An der Wand im Wohnzimmer hängt ein überdimensionales Hitler-Portrait, daneben ein SS-Emblem.

Wenn er nach Hause kommt und seinen Landrover neben der hundert Jahre alten Eiche parkt, kommen seine beiden Dobermänner, Packa und Vesta, freudig auf ihn zugerannt, springen an dem Wagen hoch und lecken ihm schwanzwedelnd die Hände.

Abends sitzt er am knisternden Kaminfeuer und liest - oft bis spät in die Nacht hinein. In den Regalen steht eine umfassende Palette an Büchern: Balzac, Zola, Flaubert und natürlich Nietzsche.

Genau die Idylle, von der Spaggiari immer geträumt hat.

Schließlich vermietet er den Fotoladen an seinen Geschäftsführer und bleibt ganz in Bézaudun.

Dort eröffnet seine Frau eine neue Praxis, und er widmet sich fortan der Hühnerzucht.

Wieder sieht alles ganz so aus, als wolle er mit sich und der Welt Frieden schließen.

Allein, der Schein trügt.

Ein Bekannter von ihm, der 28jährige Gerard Rang, wird 1974 von der Polizei überwacht. Der stämmige, blonde Rang besitzt die berüchtigte Diskothek ›Chi-Chi-Club‹ in Haut de Cagnes, in der auf der Bühne auch Gruppensex dargeboten wird.

Er ist verdächtigt, gefälschte Scheckbücher in Umlauf gebracht zu haben. Eines hat die Polizei im Gulli des Sex-Clubs von Monsieur Rang gefunden. Der Polizei fällt ein, daß Spaggiari einer der rechtsextremistischen Freunde Rangs ist, und in seinem Fotolabor ohne weiteres Scheckbücher im Lichtdruckverfahren herstellen kann. Doch trotz aller Recherchen reichen die Beweise für eine Anklage nicht aus.

Im gleichen Jahr mietet sich Spaggiari ein Schließfach in der ›Societé Générale‹ in der Avenue Jean-Médecin.

Ruhelos, undiszipliniert, abenteuerhungrig und besessen - wie kann ein Mensch nur so werden?

Einer seiner besten Freunde meint dazu: »Er wäre vielleicht anders geworden, wenn er Vater geworden wäre. Das hätte ihn reifer und ruhiger gemacht.« Aber es kommt nicht dazu.

Audi kann keine Kinder bekomen. Beide bemühen sich um ein Adoptivkind, aber als Mitglied einer illegalen Organisation wollen die Behörden keines einem Albert Spaggiari anvertrauen. Außerdem sind da noch die Haftstrafen. Die allein machen eine Adoption bereits unmöglich.

Er will ein Kind, das ist ganz sicher.

»Ich habe alles versucht. Doch als Mitglied der OAS - unmöglich!« sagt er und zuckt resignierend mit den Achseln.

Doch der Schlüssel zu Spaggiaris Schicksal liegt tiefer in der Vergangenheit.

Nur Laien glauben, daß Babys Tragödien oder schicksalhafte Ereignisse entweder überhaupt nicht wahrnehmen oder sehr schnell vergessen. Das Gegenteil ist der Fall. Ein Trauma in den ersten Lebensjahren formt den Charakter eines Menschen für immer.*

Albert Spaggiaris Vater stirbt, als der Bub zweieinhalb Jahre alt ist. Für ein Kind versinnbildlicht der Vater beides - sowohl Disziplin, als auch Liebe. Durch diese scheinbar gegensätzlichen Wesensarten lernt das Kind die sogenannte gütige Autorität kennen. Der Vater wird für das Kind ein Vorbild, mit dem es sich identifiziert, dem es folgen will.

Natürlich trägt nicht jedes Kind ohne Vater einen bleibenden seelischen Schaden davon. Ein Onkel, ein Freund der Familie oder auch der Stiefvater können an die Stelle des Verstorbenen treten - und akzeptiert werden.

Doch aus irgendeinem Grund lehnt Albert seinen Stiefvater ab. Die Vaterfigur besteht für ihn aus Autorität ohne Liebe. Und das mag der Grund sein für seine Ruhelosigkeit, für die mangelnde Disziplin, den Drang nach Abenteuern und seine Besessenheit.

Sein Interesse an Waffen, an der SS und der politischen Militanz können somit auch das Ergebnis lieblos-autoritärer Erziehung

* Die Autoren beziehen sich dabei auf José von Buehler und bedanken sich gleichzeitig damit für seine Hilfe bei der Abfassung dieses Textabschnitts.

sein. Seine Vorliebe für Abenteuer-Romane, seine Verehrung für den Banditen Salvatore Giuliano, seine Hitler-Bilder können die verzweifelte Suche nach einer Vaterfigur sein.

Die Ruhelosigkeit, das ständige Auf und Ab in seinem Leben, sein Reisen, die Berufswechsel, die mangelnde Seßhaftigkeit - all das kann ein verzweifeltes Nachahmen der ersehnten Vaterfigur sein.

Aber der wichtigste Punkt sind die Rebellion, die Kriminalität, in die er hineinwächst: Sie sind Zeichen der Ablehnung jeglicher Autorität, die er immer gehaßt hat.

Albert Spaggiari will sein Leben lang beweisen, daß er besser ist als sein Stiefvater.

II.
SPAGGIARI ENTWICKELT SEINEN PLAN

Non, je ne regrette rien!

Edith Piaf
und
Albert Spaggiari

Nizza wurde 350 vor Christus von einem griechischen Seefahrerstamm gegründet. Es bleibt ein Fischerdorf bis zum 19.Jahrhundert, als betuchte Engländer die französische Riviera entdeckten. Im Jahre 1822 baute die englische Urlauberkolonie eine vier Kilometer lange Uferpromenade, die zum Aushängeschild der Stadt wurde. Sie heißt seitdem und bis heute Promenade des Anglais.

Nizza ist die führende Stadt der Côte d'Azur. Sie liegt genau in der Mitte der Baie des Anges, der Engelsbucht, dreißig Kilometer von der italienischen Grenze entfernt. Sie ist umrahmt von niedrigen Bergen im Norden, und es regnet im Durchschnitt nur sechzigmal im Jahr. Nizza hat einen Airport, eine Universität und mehrere Kunstmuseen. Die Einwohnerzahl liegt ungefähr bei vierhunderttausend.

Der Paillonfluß teilt das östliche Nizza mit dem Hafen, dem Geschäftsviertel und den verwunschenen kleinen Straßen der Altstadt von dem westlichen Teil mit den vielen Neubauten und dem Flughafen.

Es ist in erster Linie eine Pensionärs- und Rentnerstadt. Und gerade diese Kundschaft interessiert natürlich eine Bank wie die ›Societé Générale‹. Sie ist eine der größten Banken von Frankreich, und ihre Hauptfiliale in Nizza ist etwas nach dem Geschmack älterer Leute. Die imposante, weiße Steinfassade umfaßt einen ganzen Häuserblock und schließt sich in ihrer Architektur dem italienischen Stil des Palais de Justice, des Gerichtsgebäudes, an. Die Schalterhalle der Bank hat eine hohe Decke, die von Marmorsäulen getragen wird. Die Bogenfenster sind von schmiedeeisernen Gittern geschützt und unterscheiden sich deutlich von den großzügigen Glasfassaden moderner Banken.

Nach dem Bankraub des Jahrhunderts hat die Direktion natürlich etwas für ihr Image getan; die Halle moderner gestaltet, Großraumbüros geschaffen, mit neuzeitlicher Dekoration in Aluminium und Glas, in den Farben orange und weiß.

Als Albert Spaggiari im September 1974 erstmals seinen Fuß über die Schwelle setzt, atmet die ›Societé Générale‹ noch die Atmosphäre einer traditionellen Anwaltskanzlei aus.

Das ist besonders im Tresorraum zu spüren. Zumeist wird er von begüterten, pensionierten Leuten benutzt, die ihren Reichtum am liebsten in Gold und Schmuck anlegen. Da stehen eine alte Couch und Stahlstühle und Tische aus den Zwanziger Jahren, einige enorme Scheren sind mit Kettchen an den Tischen festgemacht. Sie dienen zum Abschneiden der Aktien-und Anleihen-Coupons. Der Fußboden ist mit braunem Linoleum ausgelegt, und die Räume mit den Schließfächern machen den gleichen veralteten Eindruck wie die Fassade der Bank.

In dem Tresorraum stehen sieben Panzerschränke mit insgesamt viertausend Schließfächern. Es gibt sie in zwei Größen: Dreißig Zentimeter breit, zwanzig Zentimeter hoch und einen Meter fünfzig tief; oder sechzig Zentimeter breit, vierzig Zentimeter hoch und ebenfalls einen Meter fünfzig tief. Zu jedem Fach gehören zwei Schlüssel, und nur in Verbindung mit beiden öffnet sich die Box. Einen Schlüssel behält der Kunde, den anderen die Bank.

Der Tresorraum mit den Schließfächern wird jeden Morgen geöffnet. Wenn ein Kunde zu seiner Box will, muß er sich zuerst in das Safebuch eintragen. Dann begleitet ihn ein Bankbeamter zu dem Fach. Der Kunde steckt seinen Schlüssel hinein, dann der Angestellte, und das Schließfach öffnet sich.

Nun bleibt der Kunde allein. Solange er will. Wenn er fertig ist, schließt er die Box, und sie blockiert automatisch. Am Ende der Geschäftszeit werden alle Panzerschränke abgeschlossen, und auch die zwanzig Tonnen schwere Tresortür wird verriegelt.

Zwei Jahre später erzählt Spaggiari dem Untersuchungsrichter: »Mir ist die Idee für den Einbruch genau an dem Tag gekommen, als ich ein Schließfach bei der ›Societé Générale‹ gemietet habe:

im September 1974. In meinem Kopf entwickelte sich Stück für Stück der Plan, bis zu dem Moment, als ich mir sagte: Das kann hinhauen!«

Allerdings erzählt Spaggiari viele Lügen während seiner Vernehmung. »Jedesmal, wenn ich zu meinem Schließfach ging, lernte ich die Umgebung besser kennen. Ich maß alles aus. Ich machte kleine Zeichnungen. Ich fotografierte sogar, und das schien niemanden zu stören.«

Aber, woher weiß er, daß kein Alarmsystem existiert? »Ich kaufte mir einen Wecker mit einer sehr lauten Klingel: Ich stellte ihn auf ein Uhr nachts und ließ ihn spätnachmittags in meinem Schließfach zurück. Um ein Uhr nachts saß ich dann vor der ›Traverne Alsacienne‹ und trank meinen Wein. Genau gegenüber der Bank. Ich wartete bis zwei Uhr nachts. Nichts geschah. Am nächsten Tag öffnete ich die Box. Der Wecker tickte normal, aber der Klingelmechanismus war abgelaufen.«

Es ist möglich, daß ein hochempfindliches, modernes Alarmsystem bei dem Klingeln eines Weckers anschlägt. Aber es ist unwahrscheinlich, daß sich so ein sorgfältiger Planer wie Spaggiari auf eine so zweifelhafte Methode verläßt. In jedem Fall verwirft die Polizei das Märchen vom Auskundschaften, Ausmessen und Durchfotografieren des Tresors. Das Safebuch beweist: Spaggiari war nur zweimal an seinem Schließfach. Einmal, als er die Box gemietet hat, und das zweite Mal im Januar 1975.

Als man ihn darauf festnagelt, erzählt er eine neue Geschichte. »Die ›Societé Générale‹ hat eine Zweigstelle in der Route de Marseille, Nummer 52. Die übernächste Tür von meinem Geschäft. Ich hatte dort ein Konto, und der Kassierer war einer meiner Kunden. Wir waren also Nachbarn, wohnten beide in derselben Straße und kannten uns gut. Er hatte vorher in der Hauptstelle in der Avenue Jean Médecin gearbeitet, und als Kassierer Zugang zum Tresor gehabt. Ich konnte ihm alle Details über die Räumlichkeiten aus der Nase ziehen. Er merkte das gar nicht. Und er war es auch, der mir verriet, daß keine Alarmanlage installiert war.«

Spaggiari nennt den Namen des Kassierers. Der ist jedoch kürzlich verstorben. Die Geschichte mag wahr sein. Doch ist ein zungenfertiger, geschwätziger Banker höchst selten. Es gehört schon viel Glück dazu, einen solchen gleich vor der Tür zu finden. Wie Spaggiari diese ersten Informationen bekommen hat, bleibt offen. Es ist stark anzunehmen, daß der Name des tatsächlichen Informanten nie bekannt werden wird.

Spaggiari muß auch das genaue Gewicht der Panzerschränke gekannt haben. Er behauptet, er hätte dies auf eine simple Anfrage von dem Bankbeamten erfahren. Die Antwort: Dreißig Tonnen. In seinen Plänen setzt er das Doppelte ein, um ganz sicher zu gehen. Diese Geschichte stimmt wahrscheinlich. Sie spricht für den zweiten Besuch des Tresorraums, im Januar 1975.

Kein Geheimnis steckt hinter der Beschaffung der Pläne des Kanalsystems rund um die Bank. Blaupausen und Kopien der städtischen Kanalisation sind der gesamten Öffentlichkeit im Rathaus zugänglich. Spaggiari stellt sich als künftigen Besitzer einer Diskothek vor und behauptet, er wolle einen unterirdischen Tanzclub bauen. Die Beamten sind besonders hilfsbereit und beschaffen ihm ein Kopie des Plans Nummer 16. Ein großer, klarer Plan von der Bank und Umgebung, im Maßstab 1 : 1000.

Damit kann Spaggiari spielend den kürzesten Weg von der ›Societé Générale‹ bis zur unterirdischen Straße in Paillontunnel finden. Dann erforscht er die Strecke zu Fuß. Sein Bericht darüber klingt glaubhaft, wenn auch übertrieben: »Ich habe sechs Nächte in den Kanälen verbracht, bin mit den Ratten durch die Gullischeiße gewatet, inmitten eines bestialischen Gestanks. Ich ging jeden Winkel ab, Stück für Stück, bis ich jede Ecke, jede Sackgasse kannte. Wenn ich den Weg verlor, brauchte ich nur in einem der Schächte nach oben zu klettern, ein Kanalgitter zu heben, mich nach der Straße zu orientieren - und weiter ging's.«

Es mag nicht sechs Nächte gedauert haben, und sicherlich war er auch nicht so dumm, seinen Kopf aus offenen Kanalschächten zu stecken, aber sein Erkundungsgang muß ihm einige wichtige Aufschlüsse gegeben haben:

1. Es ist möglich, von der Avenue Maréchal-Lyautey die Rampe hinunterzufahren und über das ausgetrocknete Flußbett des

Paillon - nachdem eine verrostete, kaum einen halben Meter hohe Absperrung beseitigt worden ist - ohne Schwierigkeiten auf die unterirdische Straße zu gelangen.

2. Die Stelle, an dem die Straße der Bank am nächsten ist, liegt unter der Kreuzung der Rue Félix-Faure und der Rue Chauvain.
3. Ein zweiter Eingang in den Untergrund - für Personen, aber nicht für Fahrzeuge - geht von der Place Massena am Anfang der Rue Félix- Faure ab. Hier ist eine Tiefgarage, von der aus es in den Syphonraum geht, in dem die städtischen Angestellten den jährlichen Niederschlagspegel ablesen können. Das Parkhaus wird von Stockwerk zu Stockwerk von Fernsehkameras kontrolliert. Das TV-Bild kann jedoch unterbrochen werden, wenn man zwischen der Tür des Syphonraumes und der Kamera einen Wagen parkt. Wer diesen Eingang nimmt, erspart sich einen Umweg von drei Kilometern. Außerdem zapft Spaggiari hier das elektrische Licht der Stadt an, das er per Kabel in seinen Tunnel leitet.
4. Der dritte Eingang liegt noch näher bei der Bank, aber er ist auch gefährlicher: Der Kanaldeckel an der Ecke Rue de l'Hôtel-des-Postes und der Rue Gustave-Deloye. Die schwersten Arbeitsgeräte, die unterirdisch kaum bis zur Bank transportiert werden können, gelangen durch diesen Eingang in den Kanal. Er soll jedoch so wenig wie möglich benutzt werden.
5. Unter der Rue de l'Hôtel-des-Postes führt ein Kanalgang entlang, der in einer Sackgasse endet. Hier können Schutt und Erdmassen vom Tunnel abgeladen werden.
6. Der Tunnel bis zur Wand des Tresorraums muß vom Kanal unter der Rue Gustave-Deloye gegraben werden, nahe dem gefährlichen Einstiegsschacht. Genauere Einzelheiten müssen noch ausgearbeitet werden, aber der Basisplan steht. Nun braucht Spaggiari nur noch die Profis für die Durchführung.

Anfang 1976 kontaktet er eine Gruppe, die als ›Le Gang des Marseillais‹ bekannt ist. Marseille ist seit den Zwanziger Jahren Frankreichs Hauptstadt des Verbrechens. Hier haben sich unter der Ära der berühmt-berüchtigten Mafia der Guerini-Brothers alle

Gangster ihre ersten Lorbeeren verdient. Selbst wenn Nizza langsam Marseille den Rang als Verbrecherhochburg abläuft, ist und bleibt Marseille die beste kriminelle Grundschule.

Die Gang interessiert sich für Spaggiaris Plan und schickt ein paar Leute zur Tatortbesichtigung. Doch die Sache hat einen Haken: Ihr Tunnelexperte, ein Italiener mit dem Spitznamen ›der Maurer‹, sitzt im Gefängnis. Er muß befreit werden - auf Spaggiaris Kosten. Albert schluckt die zweifelhafte Geschichte und schießt 28 000 Francs vor. Der ›Maurer‹ flieht kurz danach aus dem Kittchen in Bourges.*

Die Marseillais gelangen in die Kanalisation durch die Tiefgarage auf der Place Massena und den Syphonraum. Sie schauen sich die unterirdische Straße an, waten durch die Kanäle und sehen die Stelle, wo Spaggiari seinen Tunnel plant. Der ›Maurer‹ untersucht das Erdreich. »Das ist wie Pudding«, sagt er. »Der Tunnel muß abgestützt und ausgebaut werden.«

Die Männer sehen sich die Bank von außen und den Eingang zu der unterirdischen Straße, durch das Flußbett des Paillon, an.

Sie mögen den Plan. Aber sie mögen Spaggiari nicht. Sie lehnen ab.

Wie schon die Armee, die OAS und Pierre Lagaillarde, so glaubt auch die Marseiller Gang nicht an einen Albert Spaggiari. Sie mißtrauen ihm, weil sie ihn für unrealistisch halten, mit einem Hang zum Größenwahn, zur Besessenheit, und weil er einen labilen Charakter hat.

Sie geben ihm die Gummistiefel zurück und verschwinden. Nur ›Maurer‹ bleibt, vielleicht, weil er Schuldgefühle hat. So erhält Spaggiari wenigstens etwas für die 28 000 Francs Vorschuß.

* Die Autoren - und natürlich auch die Polizei - kennen den richtigen Namen des Maurers. Da er jedoch bisher nicht verhaftet worden ist, darf er nach französischem Gesetz nicht identifziert werden, solange man ihn nicht eines Verbrechens überführt hat oder er geständig ist. Aus dem gleichen Grund wird der Leser von einigen Gangstern nur die Spitznamen oder Initialen erfahren.

Spaggiari muß seine Mannschaft nun selbst zusammensuchen. Das ist sein größtes Problem, und die Wahl seiner Komplizen ist nicht die beste.

Typisch für ihn ist die Rekrutierung von Francis Pellegrin. In der Rue Félix-Faure gibt es ein gleichnamiges Café namens Félix-Faure. Der Barmann mixt excellente Champagner-Cocktails, serviert zwei Dutzend verschiedene Whiskysorten. Das Essen ist gut, die Gäste sind jung, attraktiv und flott angezogen. Die Autos werden doppelreihig vor der Tür geparkt (das ist ›in‹ in Nizza), und die Trottoirs sind vollgestopft mit Motorrädern. Hier also trifft Spaggiari auf Francis Pellegrin.

Das ist ein Schmalspur-Ganove, den die Franzosen unter ›demi sel‹ laufen lassen. Kurzsichtig, das Gesicht voller Akne, ist er alles andere als anziehend. Er ist auch nicht clever. Um es genau zu sagen, er ist strohdumm.

Erst kürzlich ist er aus dem nahegelegenen Touristendorf Beaulieu gekommen. Spaggiari beeindruckt ihn. Albert wirkt elegant, überlegen, er ist ein verrücktes Genie mit großer Klasse. Pellegrin kann kaum glauben, daß Spaggiari nur ein Hühnerzüchter ist. »Himmler hat auch Hühner gezüchtet«, sagt Spaggiari. Pellegrin weiß nicht, ob er das glauben soll oder nicht.

Francis tut sich schwer mit Albert und fühlt sich unsicher. Aber zu seiner Überraschung nimmt der Große den Kleinen eines Tages auf die Seite: »Ich weiß, ich kann mich auf deine Diskretion verlassen. Ich muß ganz schnell einige gute Kontakte haben. Wenn du mir helfen kannst, wird es dein Schaden nicht sein«.

Die meisten der ›Kanalratten‹ werden auf diese Weise angeheuert. Mit vier Ausnahmen: G. und P. sind weiße Algerier und OAS-Kumpane; Capitaine V. ist ein Vietnam-Veteran; und der Maurer kommt aus der Marseiller Unterwelt. Weitere neunzehn Komplizen werden im ›Millieu‹ von Nizza angeworben. Pellegrin trifft jemanden, der einen Fahrer kennt; Spaggiari hat einen Freund, der Leute kennt, die schnelles Geld machen wollen...

Und da ist bereits das erste von vielen weiteren Rätseln, die die Polizei nicht lösen kann. Jede halbwegs fähige Kripo hat ihre

Informanten in der Unterwelt. Kleine Gangster, die im ›Millieu‹ bekannt sind, sich jedoch zusätzlich Geld verdienen, indem sie der Polizei hin und wieder Tips geben. In Deutschland heißen sie Spitzel, in Frankreich ›indics‹.

Nun ist es so, daß intelligente und erfolgreiche Profis ihre Pläne für sich behalten. Sie können nur den allernächsten Gefolgsleuten trauen.

Aber Spaggiari erzählt in jeder zwielichtigen Bar der Stadt, daß er Leute sucht. Es ist kaum zu glauben, daß kein einziger Spitzel in der Stadt davon Wind bekommen hat. Dennoch will die Polizei von Nizza später keine Ahnung davon gehabt haben, was Spaggari mit seinen Leuten vorhatte. Diese Unfähigkeit, dieses Desinteresse und angebliche Konfrontation der Polizei beim Bankraub des Jahrhunderts zieht sich wie ein roter Faden durch die Geschichte. Wir werden darauf zurückkommen.

Spaggiaris nächste Aufgabe ist die Materialbeschaffung. Und die betreibt er mit gewohnter Vorsicht.

Um die Werkzeuge zu transportieren, kauft er einige Segeltuchsäcke. Sie stammen aus dem Kaufhaus ›Rinascente‹ in Mailand.

Zehn schwedische Stahlscheren, Made in Stockholm, werden gegen bar in Belgien gekauft.

Er besorgt zwanzig kleine Hämmer, zwölf große und mehrere kleine Maurerkellen. Dreißig Meißel in verschiedenen Größen, eine Rolle Plastiktüten, sechs Ladungen Dynamit und drei Schneidbrenner. Dreißig Taschenlampen der Marke Super-Limijet werden in mehreren Geschäften der Altstadt von Nizza und im Kaufhaus ›Cap 3000‹ gekauft. Meist Stück für Stück. Und Spaggiari ist wütend, als er entdeckt, daß einer der ›demi sel‹ gleich drei auf einmal in einem einzigen Geschäft erwirbt.

Er kauft eine Schubkarre und mehrere Eimer, um die Erde aus dem Tunnel fortzuschaffen, hölzerne Grubenstempel und Balken, um die Decke abzustützen, etliche Fünfzig-Kilo-Säcke Zement für die Wände.

Das dreihundert Meter lange Elektrokabel stückeln sie aus Längen von vierzig und fünfzig Metern zusammen, die sie in Nizza, Menton und Antibes besorgen.

Albert ersteht zwei AEG-Elektrobohrer, einen hydraulischen Lastenheber und einen kleinen Laserbohrer für fünftausend Francs. Der kann in der Minute bis zu zehn Zentimeter Stahlbeton wegfressen.

Albert sorgt für einen vorbildlichen Erste-Hilfe-Kasten, einen tragbaren Kocher, Gasflaschen für die Schneidbrenner, Gummihandschuhe und wasserdichte Overalls, so wie sie die Kanalarbeiter tragen, und einen Berg von Handschuhen - angefangen vom dicken Schutz- bis zum dünnen Operationshandschuh.

Er kauft einen Dunstabzug, so wie er nur in der Industrie verwendet wird. Die Luft im Tunnel soll möglichst einigermaßen rein bleiben.

Gestohlen werden nur einige Hundert U-Haken, die zur Befestigung des Elektrokabels an der Decke der Kanäle dienen. Sie sind von einem Neubau in der Nähe von Grasse verschwunden. Zweifellos hat einer der Ganoven das Geld, das ihm Spaggiari für den Kauf gegeben hat, in die eigene Tasche gesteckt.

Um die gesamte Ausrüstung mehrere hundert Meter durch die Kanalisation zu schaffen, besorgt Spaggiari zwei aufblasbare Schlauchboote und eine Reihe von Lastwagen-Schläuchen.

Spaten, Schaufeln, Schraubenzieher, Schutzbrillen, Brecheisen - die Liste ist endlos. Alles wird kreuz und quer in Europa zusammengekauft: Niemals auffällig, niemals in großer Anzahl, nur immer in kleinem Umfang und meist in Kaufhäusern. Spaggiari legt es darauf an, daß die Ausrüstung, die er und seine Männer hinterlassen, der Polizei viel Arbeit und viele Rätsel aufgibt. Genau das trifft später ein.

Spaggiari braucht jetzt einen sicheren Ort, wo er all das Zeug horten kann. So mietet er eine Villa in Castagniers, einem Dorf, das nur wenige Kilometer von Nizza entfernt liegt. Er hätte alles auf seine Farm bringen können, doch er glaubt, daß die Villa sicherer ist. Und das war ein Fehler.

III.
EIN EIFERSÜCHTIGES WEIB

Das Ohr der Eifersucht
hört alle Dinge
Aus der Salomonischen Spruchsammlung

Die erste Spur der ›Kanalratten‹ - so werden Spaggiaris Männer alsbald genannt - wird bereits zwei Wochen vor dem Superding gefunden. Schuld daran ist ein eifersüchtiges Weib.

Es ist die Ehefrau eines Spediteurs in den mittleren Jahren, der das Leben liebt und dafür auch genügend Geld hat. Sein Haar ist graumeliert, doch sein Körper ist noch voll durchtrainiert. Für sein Alter ist er noch sehr attraktiv und weiß dies nur zu genau. Er ist ein großer Spaßvogel und zieht gern seine Show ab, wenn er am Strand von Ville-neuf-Loubet die Muskeln spielen läßt. Seine Geschäfte laufen gut, und das Ehepaar hat einen 20jährigen Sohn.

Anfang 1976 entdeckt die Ehefrau - wir wollen sie Madame V. nennen -, daß ihr Ehemann eine Geliebte hat und dieser eine Villa in Cagnes-sur-Mer offeriert. Sie ist stinkwütend und bespricht mit einem Rechtsanwalt bereits die Scheidung. Aber zum Schluß entscheidet sie sich, doch nichts zu unternehmen, nichts mehr zu sagen und das Ende der Affäre abzuwarten.

Am 8. Juli 1976 macht Monsieur V. eine Geschäftsreise nach Lion. Am Abend entdeckt seine Frau, daß am Schlüsselbord ein Schlüssel fehlt. Es ist der zu einer Villa in Castagniers, die nicht Monsieur V. gehört, sondern einem seiner Freunde. Der lebt in Mittelfrankreich, und das Ehepaar V. hat sich bereit erklärt, des öfteren nach seiner Villa zu schauen. Die Fenster zu öffnen, Radio zu spielen, bisweilen im Garten zu sitzen. So zu tun, als ob das Haus bewohnt wäre, um mögliche Einbrecher zu verscheuchen. Madame V. verdächtigt ihren Mann sofort, nicht nach Lion gefahren zu sein. Sie glaubt, daß er sich wieder ein Nymphchen mit in die Villa von Castagniers genommen hat.

Am nächsten Tag, es ist der 9. Juli, steigt Madame V. in ihren cremefarbenen Peugeot und fährt in Richtung Castagniers. Sie weiß noch nicht genau, was sie eigentlich will, als sie mit rund achtzig Stundenkilometern auf der Schnellstraße hinter dem Airport losbraust. Sie raucht eine Zigarette nach der anderen, und ihr vierzig Jahre altes Gesicht zeigt deutlich die Spuren von Übermüdung und Anspannung.

Die Villa ist nicht weit von der Hauptstraße entfernt, doch es dringt kein Autolärm bis hierher. Sie ist im provenzialischen Landhausstil gebaut, von Olivenbäumen umgeben, hat ein rotgeziegeltes Dach, und der Naturstein ist eierschalengelb. Sie liegt hoch am Berghang, und man hat von dort einen atemberaubend schönen Ausblick.

Madame V. hält in einiger Entfernung an. Sie sieht, daß die Fensterläden geöffnet sind. Die Villa ist bewohnt.

Sie zögert einen Augenblick, wendet das Auto mit einer scharfen Drehung, gibt Gas und rast davon. Sie hat genug gesehen: Sie ist fest davon überzeugt, daß ihr Mann wieder untreu gewesen ist. Aber sie hat die Nerven nicht, an die Tür zu klopfen und ihn mit hochrotem Kopf zu ertappen.

Sie fährt nach Hause zurück und versucht, nicht zu weinen. Was anschließend passiert, dafür ist sie eigentlich nicht mehr verantwortlich. Sie sieht rot und will nur sicher sein, daß ihr Mann auch in Castagniers ist. Und sie will, daß er weiß, daß sie weiß, was er tut. Sie will, daß er sich schuldig fühlt. Sie greift zum Telefonhörer und ruft den Besitzer der Villa an.

»Haben Sie die Villa vermietet?« fragt sie scheinheilig.

»Nein. Keineswegs. Wie kommen Sie darauf?«

»Ich bin gerade an Ihrem Haus vorbeigefahren und habe gesehen, daß die Fensterläden geöffnet sind. Ich wollte lieber nachfragen, bevor irgend etwas geschieht.«

»Nein. Eigentlich sollte da jetzt niemand sein. Sie haben doch noch den Schlüssel?«

»Ja«, lügt sie.

»Kann Ihr Mann nicht mal eben hinauffahren und nachsehen?«

»Er ist nicht da. Er ist nach Lion gefahren, auf Geschäftsreise«. In der Leitung herrscht einen Augenblick lang Stille. Dann fährt Madame V. fort: »Ich bin beunruhigt. Es sind in der letzten Zeit so viele Einbrüche an der Côte passiert. All diese Hippies und Gauner...«

Die letzten Worte bleiben nicht ohne Wirkung. »In Ordnung«, sagt der Besitzer. »Da es meine Villa ist, rufe ich jetzt die Polizei an.«

Frankreich hat zwei verschiedene Polizeisysteme. In den Großstädten gibt es die Police Judiciaire, die so ähnlich wie die deutsche Polizei arbeitet, und dem Innenministerium unterstellt ist. Auf dem Lande und in den kleinen Städten sorgt die Gendarmerie für Ordnung. Sie gehört zur Armee und ist dem Verteidigungsministerium unterstellt. Gendarmen sind immer uniformiert, und es gibt keine Kriminalbeamten unter ihnen. So sind sie verpflichtet, alle kriminellen Delikte der nächsten Police Judiciaire zu übergeben.

Der Besitzer der Villa in Castagniers ruft die Gendarmerie in Plan du Var an. Der Anruf erreicht Claude Destreil. Er sieht aus wie die meisten Gendarmen, hat kurzgeschnittenes Haar und trägt ein blaues Leinenhemd. Wie alle Landpolizisten ist er natürlich immer höchst interessiert, wenn etwas Außergewöhnliches passiert. Und da er im Moment nichts weiter zu tun hat, als langweilige Unfallberichte auszufüllen, schnappt er sich seinen Kollegen Patrick Gruau und fährt mit ihm zu der Villa.

Destreil parkt den schmalen, blauen Dienstwagen unter einem der Olivenbäume, und die beiden Männer schauen sich um. Gruau klettert die siebzehn Stufen bis zur Eingangstür hinauf, klopft mehrmals und bekommt keine Antwort. Beide bewundern den Blick über das Tal des Var-Flusses.

Tatsächlich sind die Fensterläden geöffnet und sogar ein Fenster. Die Garage ist verschlossen, aber sie können durch ein Fenster hineinsehen. Drinnen steht ein funkelnagelneuer, metallgrauer Peugeot 504. Sie schreiben sich die Nummer auf. Von einem Einbruch jedoch keine Spur.

Die Gendarmen kehren auf ihre Wache zurück. An diesem Nachmittag finden sie heraus, daß der Peugeot einem Vertreter für Musikinstrumente in Beziers gehört, einer südfranzösischen Stadt, die rund dreihundert Kilometer entfernt ist.

Um achtzehn Uhr dreißig kehren sie zur Kontrolle noch einmal zu der Villa zurück. Diesmal haben sie mehr Glück. Zwei teure Autos stehen in der Einfahrt. Ein Mercedes und ein Renault 17. Und dann sitzen da noch vier Männer auf den Treppenstufen.

Die Gendarmen fragen sie, was sie hier suchen. Der älteste der vier Männer erklärt: »Wir haben diese Villa gemietet und warten nun auf einen Freund, der uns den Schlüssel bringen soll.«
Aber der Besitzer hatte am Telefon ausdrücklich darauf bestanden, diese Villa an niemanden vermietet zu haben. Die Gendarmen fragen die Männer nach ihren Papieren und notieren sich die Namen und Adressen:

- Dominique Poggi; 23, Rue Fourmillière, Antibes; geboren am 16. Februar 1926 in Farinole, Korsika.
- Daniel Michelucci; 20, Rue Samatan, Marseille; geboren am 6. Oktober 1947 in Marseille.
- Christian Duche; 36, Esplanade de la Tourette, Marseille; geboren am 8.März 1947 in Marseille.
- Alain Pons - ohne Papiere.

»Wir wissen aber, daß der Besitzer diese Villa gar nicht vermietet hat«, erklärt ihnen Destreil.
Poggi lächelt. »Nun, genau gesagt haben wir sie eigentlich nicht gemietet«, sagt er. »Einer unserer Freunde, Raymond, hat sie für uns besorgt und bringt nun den Schlüssel. Sie können das überprüfen - er hat ein Restaurant am Strand von St.-Laurent-du-Var.«
Die Gendarmen lassen sich weder aus der Ruhe bringen noch beeindrucken.
Poggi lenkt ein und gesteht: »Wir haben eine kleine Party heute abend - nur für uns - Sie wissen , was ich meine?«
Die Gendarmen sehen keine Mädchen in der Nähe des Hauses und glauben auch nicht, daß diese vier Homosexuelle sind.
Destreil sagt: »In Ordnung, lassen Sie uns zu Raymond gehen.«
Poggi zögert: »Eigentlich hat er ja den Schlüssel gar nicht. Ein Freund von ihm hat ihn.«
»Und wo wohnt dieser Freund?«
»In der Nähe vom Stadion.«

»Dann gehen wir also dort hin.«
Die vier Männer erheben sich. Und plötzlich hören die Gendarmen Motorengeräusch. Sie drehen sich um und sehen das Dach eines Autos zwischen den Baumwipfeln. Da stoppt der Wagen, dreht um und fährt wieder weg. Immerhin gelingt es des Gendarmen, das Fahrzeug als Renault 5 auszumachen.
Die sechs Männer verlassen gemeinsam die Villa: Destreil und Gruau in ihrem Polizeiauto, Duche im Mercedes und die drei anderen im Renault.

Die Adresse, zu der sie fahren, ist die von Madame V. Hier hat die ganze Sache angefangen, bei ihr, weil sie ihren Mann der Untreue verdächtigt hat. Sie ist zu Hause. Ihr Sohn ist bei ihr. Und sie hat offensichtlich geweint.

Nun stehen sie zu acht im Livingroom. Gendarm Gruau fragt Madame V.: »Haben Sie den Schlüssel für die Villa in Castagniers?«

»Nein«, entgegnete sie. »Mein Mann hat ihn mitgenommen. Er hat mich mit einer Hure in der Villa betrogen.«

»Das ist nicht wahr«, unterbricht sie Poggi. »Er hat den Schlüssel Raymond gegeben, der ihn eigentlich an uns weitergeben sollte.«

Madame V. ist äußerst erstaunt: »Aber warum?«

Poggi meint augenzwinkernd: »Wir wollen eine kleine Party geben...Sie wissen schon, was ich meine.«

Destreil hat das schon einmal gehört. Er unterbricht Poggi und wendet sich an Madame V.'s Sohn: »Bitte, rufen Sie doch diesen Monsieur Raymond an und lassen Sie ihn schnell herkommen. Sagen Sie ihm, daß seine Freunde ihn dringend sehen wollen.«

Der junge Mann tut, was ihm befohlen wird, und Raymond trifft fünfzehn Minuten später ein. Als die Türglocke läutet, fordern die Gendarmen alle Anwesenden auf, den Raum zu verlassen. Sie wollen Raymond allein vernehmen und endlich wissen, ob die Story stimmt.

Aber Poggi ist schneller. Er flüstert Raymond beim Öffnen der Tür ein paar Worte zu.

Das sieht zwar verdächtig aus, reicht aber nicht für eine Verhaftung.

Destreil schaut Gruau sauer an: »Die haben uns reingelegt!«

Die Gendarmen wundern sich also nicht, daß Raymond bei seiner Vernehmung genau die Version von Poggi bestätigt.

Sie machen ihren Rapport bei dem schnurrbärtigen Brigadechef von Plan du Var, Pierre Dufour. Auch er ist mit dem Ergebnis nicht zufrieden und befiehlt seinen Leuten, den Fall zu beobachten und die Augen offen zu halten.

Am Ende dieses Tages ist nur eine Person wirklich zufrieden: Madame V. Sie weiß, daß ihr Mann diesmal nicht fremdgegangen ist.

In den nächsten Tagen versuchen die Gendarmen, mehr zu erfahren. Sie bekommen heraus, daß keines der beiden Autos einem der vier Männer gehört: Der Mercedes ist auf Alain Benisson zugelassen, 26, Rue Massenole, Marseille, geboren am 3. September 1942. Der Renault 17 gehört Louis Belayle, 88, Avenue Camipelletan, Marseille, geboren am 18. Februar 1851 in Marseille.

Sie kommen auch bei dem Renault 5 weiter, dessen Dach sie beim Wenden in der Nähe der Villa beobachtet haben. Eine Frau, die in der Nähe wohnt, ist von dem Fahrzeug beinahe überfahren worden, und sie hat die Nummer notiert.

Sie kann zwar keine genaue Beschreibung des Fahrers geben, aber die Gendarmen finden den Besitzer schnell heraus: André Fénouil, 5 Rue du Chapitre, Nimes, geboren am 13. Dezember in Oran, Algerien. Fénouil ist vorbestraft. Er mußte zwölf Jahre wegen Mordes im Zuchthaus absitzen.

Nur sechs Beamte arbeiten bei der Gendarmerie in Plan du Var: Chef Dufour, Desteil und Gruau sowie André Diminato, Edmond Sanchez und Patrice Sloma. Sie alle sind sehr beunruhigt über die Vorfälle in der Villa von Castagniers. Aber es liegt kein Grund vor, die Kriminalpolizei von Nizza zu verständigen, weil kein Verbrechen vorliegt. Und sie können schließlich keine halben Verdächtigungen weitergeben. Außerdem finden sie den Fall eher aufregend. Nicht oft können die Männer in den blauen Leinenhemden beweisen, daß sie mehr auf dem Kasten haben als die

Kripobeamten. Diese geschniegelten Kerle mit Maßanzügen und exklusivem After-shave!

Auch die Gendarmen haben ihre »indics«, ihre Spitzel. Einer ist ihnen ganz besonders verpflichtet, weil er illegale Pferdewetten annimmt. Es ist ein Bistrobesitzer. Beim Vichy mit Erdbeersirup sagt er ihnen hinter vorgehaltener Hand: »Die vier aus Castagniers waren bei mir. Sie haben gesagt, daß sie an einem Ding drehen. Einem Superding.«

So weit sind die Gendarmen mit ihren Ermittlungen bereits, bevor der Bankraub des Jahrhunderts überhaupt gestiegen ist. Es ist schon verwunderlich, daß die kleinen Gendarmen die Besitzer von vier verdächtigen Autos kennen, zehn spektakuläre Namen und die Story von einem Superding, während die großartigen Kripobeamten in Nizza noch völlig im Dunkeln tappen. Das ist genauso, als ob ein Vorstadt-Schutzmann von einem Überfall auf eine Landeszentralbank Wind bekommen hat, während das deutsche Bundeskriminalamt schläft.

Der Zufall will es, daß die eifersüchtige Frau Spaggiari tatsächlich in Schwierigkeiten bringt. Die Villa ist sein Hauptquartier. Hier hat er das gesamte Material für den Bankraub gehortet. Und die Gendarmen kommen zu der Villa, als es bereits kurz vor zwölf ist. Der Bankraub ist eigentlich für den Abend geplant gewesen, als die vier Männer auf den Treppenstufen der Villa in Castagniers überrascht werden.

Doch das Unternehmen muß verschoben werden, weil ein wichtiger Besucher an diesem Wochenende nach Nizza kommt.

Um siebzehn Uhr dreißig trifft am Samstag, dem 10. Juli 1976, der Mystère-20-Privatjet des französischen Staatspräsidenten Giscard d'Estaing auf dem Flugplatz Nice-Côte-d'Azur ein. Das Departement Var ist das einzige in Südfrankreich, das bei den letzten Wahlen für ihn gestimmt hat. Alle anderen Departements haben den Verlierer, François Mitterrand, gewählt.

Der Präsident verläßt den Jet mit einem entspannten Lächeln. Er ist braungebrannt und trägt einen grauen Maßanzug. Er winkt der Menge auf der Flughafenterrasse zu.

Er fährt die Promenade des Anglais entlang, die gesäumt ist von begeisterten Schwenkern der üblichen Trikolorefähnchen. Giscard d'Estaings Besuch gilt einer Marineübung in St.-Jean-Cap-Ferrat. Danach kehrt er ins Palais Masséna, nach Nizza, zu einem offiziellen Empfang zurück.

Zwei kleine Mädchen in Nationaltracht überreichen ihm Blumen, und er schreibt sich in das goldene Buch der Stadt ein. Bürgermeister Jacques Médecin überreicht ihm eine Korallskulptur. Er ist nicht nur der erste Mann der Stadt, sondern zugleich auch Tourismusminister in Giscards Kabinett, sein Vertrauter und ein guter Freund. Der Präsident schüttelt einigen der sechshundert geladenen Gäste die Hand.

Einer der Gäste ist ein gut gekleideter Mann in einem maßgeschneiderten Alpaka-Anzug und einem Cape, das er locker über die Schultern geworfen hat. Er ist eine muskulöse Erscheinung und hat den Gang einer Katze. Sein dunkles Gesicht zeigt viel Charakter. In seinen Augen leuchten Ironie und Fröhlichkeit, sein dunkles Haar ist von einigen grauen Strähnen durchzogen, er hat eine lange Nase, ein starkes Kinn und ist immer zu einem Lächeln aufgelegt. Er scheint sich wohl zu fühlen, ist jedoch ein aufmerksamer Beobachter. Er ist der Hof-Fotograf von Nizza und zugleich ein sehr guter Freund des Bürgermeisters: Albert Spaggiari. Diesmal fotografiert er allerdings nicht, sondern widmet sein ganzes Interesse den Bodyguards des Präsidenten.

Einige der Leibwächter haben kleine rote Nadeln in den Anzugrevers. Andere sind nur schwer auszumachen. Spaggiari muß zweimal hinschauen, bevor er eine junge Frau als Agentin erkennt. Als sie ihre Handtasche beim Herausholen der Puderdose öffnet, sieht er ihre Dienstpistole. Draußen, auf den Dächern, wimmelt es von Scharfschützen, die für die Sicherheit des Präsidenten ihre Stellung halten.

Verstärkungen der Polizei sind aus Cannes, Toulon und sogar aus Marseille gekommen. In Nizza wimmelt es von Bullen. Die Stadt steht unter maximaler Sicherheit. Vermutlich haben sie sogar die Kanalisation nach Bomben abgesucht.

Davor hat Spaggiari Angst. Sein Zeitplan ist durcheinandergeraten. Gestern der Ärger mit der eifersüchtigen Frau in Castagniers, und heute kontrollieren sie das Kanalsystem. Großer Gott, wieviel Arbeit und wieviel Geld hat er schon in dieses Projekt gesteckt.

Das Tunnelgraben vom Kanal bis zur Tresorwand hat bereits die Monate Mai und Juni in Anspruch genommen. Jeden zweiten Tag ist der metallgraue Peugeot 504 in die Tiefgarage an der Place Masséna gefahren und hat so vor der Fernsehkamera gestanden, daß man den Eingang zum Siphonraum nicht überblicken konnte. Dann fährt ein Citroën-2CV-Lieferwagen hinter den Peugeot, so daß ihn die Kamera ebenfalls nicht erfaßt.

Der Maurer und seine Assistenten klettern aus dem Fahrzeug, nehmen ihr Werkzeug und gehen durch den Siphonraum in das unterirdische Kanalsystem. Von dort aus waten sie durch die Gänge bis zum Tunnel. Zwei Männer arbeiten am Anfang des Schachtes und schlagen die Erde mit Pickeln los, ein anderer schaufelt die Erde in Säcke und bringt sie zum toten Ende eines Kanals, das ihnen als Schuttabladeplatz dient.

Der Durchmesser des Tunnels beträgt am Eingang nur sechzig Zentimeter. Spaggiari hat darauf bestanden, daß der Tunnel genauso aussieht, als sei er von der Stadt selber oder der Telefongesellschaft gebaut worden: Der Eingang und die Wände sind mit der gleichen Farbe gestrichen, wie sie auch die Stadtverwaltung verwendet. Der Hintergedanke dabei ist, daß bei einem zufälligen Rundgang von Kanalarbeitern keinerlei Zweifel aufkommen, daß es sich hier um eine offizielle Arbeit handelt. Während des Wochenendbesuchs von Präsident Giscard d'Estaing wird der Eingang von den Kanalratten zugemauert und mit der städtischen Deckfarbe säuberlich übermalt.

Als der Tunnelbau fortschreitet, stützt der ›Maurer‹ die Decke ab und zementiert die Wände aus. Er ist ein Profi; der Sohn eines Bauunternehmers, dem es jedoch immer mehr Spaß gemacht hat, seine Lorbeeren in der Kriminalität als in der Architektur zu verdienen. Er überwacht die Arbeit auf das genaueste. Spaggiari erscheint von Zeit zu Zeit und kontrolliert den Fortgang des Werkes. Er bringt immer einige Flaschen Wein mit, für die ausgedörrten und staubverschmutzten Kehlen der Arbeiter. Einmal bittet er die Männer, die Elektrobohrer voll einzuschalten, während er sich oberhalb, auf der Straße, befindet. Doch es ist absolut nichts zu hören.

Das Ausschachten ist für die Männer an der Spitze des Tunnels eine Qual. Eines nachts wird einer von ihnen ohnmächtig. Panik bricht aus: Der jüngste des Teams, ein gewisser G., dreht völlig durch und muß sich übergeben. Er wird in den Siphonraum getragen und dann nach Hause gefahren.

Daraufhin befiehlt Spaggiari eine strikte Arbeitsteilung. Jede Gruppe darf nur alle drei Tage graben. Bevor sie hinuntersteigen, müssen sie frei von Alkohol und Koffein sein und mindestens zehn Stunden geschlafen haben. Er gibt ihnen Beruhigungstabletten und hält herzstärkende Mittel bereit. Jeder arbeitet zehn Minuten und muß dann wieder zehn Minuten ausruhen. Dann besorgt er den Apparat für die Frischluftzufuhr. Während dieser Zeit entwikkelt er ein perfektes Wachpostensystem.

Wachposten Nummer 1 sitzt am Eingang zur Tiefgarage in einem Renault 5. Im Gefahrenfall würde er zum Siphonraum laufen und Marcel verständigen. Marcel würde dann entlang der unterirdischen Straße laufen, zu dem Tunnelkanal, und mit einer Trillerpfeife Alarm geben.

Wachposten Nummer 2 lauert am Flußeingang der unterirdischen Straße, mehr als zwei Kilometer entfernt, auf einem Motorrad. Er hat die Anweisung, im Alarmfall bis zum Tunnelkanal vorzufahren und ebenfalls eine Trillerpfeife zu bedienen.

So haben die Männer im Tunnel in jedem Fall die Möglichkeit, in die entgegengesetzte Richtung zu entfliehen, aus der die Gefahr kommt.

Für doppelte Sicherheit sorgt außerdem eine Funkverbindung zwischen dem Renault 5 und dem Motorrad. Spaggiari hätte auch gern einen Funkkontakt mit den Männern im Tunnel, aber der Stahlbeton macht dies unmöglich.

Sie haben die Alarmsignale mit den Trillerpfeifen getestet und entdeckt, daß sie die Männer im Tunnel aus einer Entfernung von zweihundert Metern hören können. Selbst, wenn alle Bohrmaschinen unter Volldampf stehen.

Sie haben auch gestoppt, wie lange der Motorradfahrer vom Eingang der unterirdischen Straße bis zum Kanal braucht: Nicht länger als eine Minute und fünfzehn Sekunden.

Eines Nachts, es ist die erste Juliwoche, erreichen die Kanalratten die Tresorwand der Bank. Sie legen eine Stelle mit dem Durchmesser von einem Meter frei und lassen die Werkzeuge fallen. Der Maurer zementiert das letzte Stück und überprüft seine Arbeit.

Alles ist bereit.

Der Besuch des Präsidenten hat das Vorhaben verzögert, aber niemand entdeckt Spaggiaris Tunnel. Der Ärger in der Villa von Castagniers hat ihnen Aufregung bereitet, aber die Gendarmen scheinen sich beruhigt zu haben.

Der Tag X ist Freitag, der 16. Juli.

Die Gentlemen bereiten sich auf den Bankraub des Jahrhunderts vor.

IV.
DER DURCHBRUCH

Wenn die Wirklichkeit schneller
als die Phantasie ist

Schlagzeile im ›Nice Matin‹
am 21. Juli 1976

Der Chinese tritt voll auf die Bremse.

Die Reifen des Landrover quietschen. Die vier Männer auf den Rücksitzen halten krampfhaft die Gasflaschen fest, damit sie nicht umfallen. Der Fahrer des Stadtomnibusses, mit dem der Landrover beinahe zusammengestoßen wäre, schimpft wütend und obszön. Erst als er sich beruhigt hat, fährt er weiter in die Rue de l'Hôtel-des-Postes. Der Chinese wischt sich mit einem karierten Taschentuch den Schweiß von der Stirn.

»Arschloch«, sagt einer der Männer.

»Es war nicht mein Fehler«, antwortet der Chinese.

»Dieser blöde Bus...«

»Fahr weiter«, befiehlt Spaggiari, der neben dem Chinesen sitzt. »Niemand macht dir Vorwürfe. Jetzt links rum.« Mit gespielter Lässigkeit stemmt er die Füße gegen den Handschuhkasten und zündet sich eine Zigarre an.

Der Chinese mag den Landrover nicht. Aber Spaggiari hat darauf bestanden, ihn für das Superding zu benutzen. Er erinnert ihn an den Indochinakrieg. Der Chinese mag aber auch den Krieg nicht. Genaugenommen mag er auch Spaggiari nicht. Der geht ihm mit seiner Angeberei ganz schön auf die Nerven.

Er biegt in die Avenue Pauliani ein und folgt ihr bis zum Place du Quinzième-Corps. An der Kirche Notre-Dame-Auxiliatrice fährt er in die Avenue Dom-Bosco. Eine hohe Mauer begrenzt die eine Straßenseite. Dahinter liegt das Staatsgefängnis.

Spaggiari beißt auf seine Zigarette und dreht sich zu den anderen Männern im Fond um. »Wir starten am Gefängnis. Ist das nicht ein gutes Omen?«

Niemand lacht. Henri der Schweißer kreuzt zwei Finger zum Zeichen, daß alles gutgehen soll. Dann redet er über die Tour de France. Die anderen sind nicht ganz so bei der Sache. Sie sind nervös. Nur ein Verrückter kann in diesem Augenblick ganz ruhig sein.

Der Landrover erreicht das Sandufer des Paillon und hält an. Die rot-weiß-blaue Signallampe der Gendarmerie-Kaserne ist ausgeschaltet. Die Messehalle der Stadt ist ebenfalls in tiefe Dunkelheit getaucht. Der Chinese läßt die Scheinwerfer aufleuchten: Zweimal lang, einmal kurz. Alles ist klar.

Der Chinese steuert den Landrover über die Rampe auf den Sand. Der Mann, der ihrem Lichtsignal geantwortet hat, tritt neben den Wagen. Ein anderer Mann entfernt die niedrige Barriere, die vor der unterirdischen Straße steht.

Der Landrover verschwindet im Tunnelmund und stoppt.

Spaggiari springt hinaus. »Alles in Ordnung?«

»Ja«, der Mann, der ihm antwortet, zieht ein Walkie-Talkie aus seiner Jacke und drückt die Sprechtaste: »Hier ist Roseau«, sagt er sanft. »Der Transport ist komplett. Over.«

Der Lautsprecher knistert leise, und dann ertönt eine Stimme: »Hier ist Masséna. Ihr könnt die Einrichtung bringen.«

Spaggiari wendet sich an den Mann mit der Taschenlampe: »Wo ist das Motorrad?«

Der Mann deutet mit dem Kopf nach hinten.

»Da drüben. Reg dich ab!«

Spaggiari zieht die Augenbrauen zusammen. Der Mann bemerkt die Reaktion im Schein seiner Taschenlampe. »Entschuldigung«, sagt er bedauernd.

Spaggiari warnt: »Wenn etwas passiert...«

»Dann warne ich euch in einer Minute und fünfzehn Sekunden.«

»Danach läßt du die Maschine stehen und verschwindest durch die Tiefgarage.«

»Wird gemacht.«

Spaggiari klettert zurück in den Landrover. Der Chinese macht das Standlicht an und rollt mit dem Fahrzeug langsam unter dem Tunnelbogen entlang. Der Motorradfahrer und der Mann mit der Taschenlampe schieben die Barriere wieder auf ihren Platz.

Der Landrover wird schneller, und der Chinese schaltet die Scheinwerfer ein. Sie erfassen die Reste von altem Bauschutt:

Zementsäcke, Ziegelsteine, Zeitungspapier, morsche Bretter. Es war einmal die Rede davon, aus dieser Tunnelstraße eine Schnellstraße zu machen, um den Verkehr der Promenade des Anglais zu entlasten. Doch das Projekt wurde bald wieder verworfen. Die einzigen Leute, die den Weg seit Jahren benutzten, sind die städtischen Kanalarbeiter.

Der Wagen biegt links unter einem Bogen ein, und man kann das leichte Plätschern des Paillonwassers hören. Eine kleine Armee von verschreckten Ratten erstarrt im Licht der Scheinwerfer und verschwindet hinter einem Stapel halbvermoderten Holzes. Die Luft ist stickig. Ein wenig weiter ergreift das Licht eine Gruppe von Männern, die auf Spaggiari warten. Der Landrover wird langsamer und hält neben ihnen.

Die zweite Gruppe der Kanalratten ist von der Place Masséna gekommen, durch die Tiefgarage und den Siphonraum. Sie tragen Gummistiefel, Handschuhe und haben zwei Schlauchboote und mehrere aufblasbare Lastwagenschläuche dabei. Sie warten auf der unterirdischen Straße und sind bereit, die Ladung durch das Kanalsystem zu schleusen.

Nicht weit von ihnen entfernt sitzt ein Arzt in einem Hotelzimmer und streckt sich gemütlich in einem Schaukelstuhl aus. Er steht ihnen für die nächsten sechzig Stunden voll und ganz zur Verfügung. Er ist kein approbierter Arzt mehr, seit er wegen mehrfacher Abtreibung verurteilt worden ist. Nun ist er froh, wenn er ab und zu einen Job im »Milieu« findet. Er hilft, wann immer einer seiner Patienten ohne Wissen der Polizei behandelt werden muß. Sei es bei Schuß- oder Stichwunden. Das ist zwar keine Vollbeschäftigung für ihn, aber wie eine Art Rente.

Spaggiari hat ihm zwar nicht erzählt, was an diesem Wochenende geschieht, das ist aber nicht schwer herauszufinden. Die medizinischen Probleme, die ihm angedeutet werden, geben genügend Aufschlüsse: Erstickungserscheinungen, Platzangst, Abschürfungen und Ohnmachtsanfälle. Also wird irgendwo ein Tunnel gegraben.

Der Arzt will keine Details wissen. Am Montagmorgen wird er sein Geld kriegen, heimgehen und einen Anfall von totalem

Gedächtnisschwund bekommen. Jeder muß irgendwie überleben.

Heutzutage wird Abtreibung auf der halben Welt legalisiert, und er ist von der Ärztekammer für immer davon ausgeschlossen, seinen Beruf ausüben zu dürfen. Welche Ironie des Schicksals.

In der Avenue Verdun, nahe, aber nicht zu nahe der Bank, parkt ein Renault 4, der genauso aussieht wie der Wagen der städtischen Elektrizitätswerke. Im Innern lagern fünf Gasflaschen und ein hydraulischer Hebebaum. Ein ebenso schweres wie wichtiges Bestandteil der Gesamtausrüstung. Alles andere kann Spaggiari auf den Schlauchbooten und LKW-Schläuchen transportieren, doch der Lastenheber würde unweigerlich im Gullischlamm versinken. Er muß also durch die Kanalöffnung neben der Bank hinuntergelassen werden. Das ist der gefährlichste Teil der gesamten Operation. Die Männer im Renault rauchen nervös und warten auf ihren Einsatzbefehl.

Auf der unterirdischen Straße öffnen die Männer die hintere Ladeklappe des Landrovers. Die Atmosphäre ist gespannt, niemand spricht. Befreiend und ermunternd gibt Spaggiari jedem die Hand, lächelt, macht Witzchen und Mut. Das wirkt.

Sie laden ab und beginnen den Transport des Materials. Der ›Maurer‹ hat auch einige Luftmatratzen mitgebracht. Die Schlauchboote, die Luftmatratzen und die Reifenschläuche werden zu einem langen Lastkahn zusammengebunden. Als die Ladung komplett ist, setzt sich der Zug durch die Kanäle langsam in Bewegung. Der ›Maurer‹ geht voran.

Sie waten vorwärts, in Richtung Rue Chauvain, wenden sich dann nach links, unterhalb der Rue Gioffredo und dann nach rechts, unter der Rue St.-Michel entlang. Dann sind es nur noch zweihundert Meter bis zur Bank. Der Chinese flucht laut: Seine Gummistiefel stecken im dicken Schlamm des Kanalbodens.

Der Konvoi stoppt am Eingang des Tunnels, den sie in wochenlanger Arbeit gegraben haben. Der ›Maurer‹ schlüpft hinein und entrollt den Sisalteppich, um den Transport in dem acht Meter langen Tunnel zu erleichtern. Die anderen laden ab.

Es riecht nach Kloake und Azeton. Henri der Schweißer lehnt zwei Gasflaschen gegen die Wand, schließt den Schweißbrenner an und klappt das blaue Schutzschild seiner Brille herunter. Er gibt dem Korsen eine letzte Lehrstunde.

Er öffnet das Gasventil und greift nach seinem Feuerzeug. Die lange, orangene Flamme wirft einen riesigen Schatten auf die Tunnelwand. »Wenn du die Flamme kleiner drehst, wird sie heißer.« Er demonstriert den Vorgang, und die Flamme wird blau und zischt.

Er holt Lötmasse aus seinem Seesack und richtet die Flamme drauf. »Halte die Flamme immer nach unten, in ganz kurzen Abständen. Sonst hält das Metall nicht und tropft runter.«

Vom Kanal her ertönt ein Schrei: »Au, Scheiße!«

Es ist der Chinese.

Jemand lacht. »Was ist denn passiert?«

»Er ist ausgerutscht und hat jetzt die Soße in den Stiefeln.«

Das Gelächter löst die Spannung.

Das Werkzeug wird in den Tunnel gebracht, und die Gummiflöße holen eine neue Ladung. In den nächsten neunzig Minuten wird eine Tonne Material von der Untergrundstraße bis zum Tunnel verschifft.

Der ›Maurer‹ inspiziert die Tunneldecke und entdeckt mehrere Grubenstempel, die nicht mehr halten und bereits im Schlamm nachgesackt sind. Er befestigt sie von neuem. In der Tiefgarage, an der Place Masséna, steigt jemand aus dem Auto und schließt das elektrische Kabel an der Steckdose an. Zwei Flutlichter erhellen sofort den Tunnel.

Ein Polizeiwagen fährt Patrouille auf der Place Masséna. Im Renault 5 hebt der Wachposten sein Walkie-Talkie an die Lippen. »Hier ist Masséna. Die Seemöve fliegt niedrig.«

Am Eingang der unterirdischen Straße antwortet der andere Wachposten: »Angenommen.« Dem Motorradfahrer ruft er zu: »Die Bullen sind an der Tiefgarage.«

Der Motorradfahrer steigt auf seine Maschine und wirft sie an.

Der Patrouillenwagen fährt am Tiefgarageneingang vorbei und setzt seinen Weg in Richtung Avenue Jean-Médecin fort. Der Wachposten im Renault 5 lacht befreit auf. »Alles klar«, ruft er ins Wakie-Talkie.

Der Motorradfahrer steigt von seiner Maschine und bockt sie auf.

Samstag, 1 Uhr 30

Der Maurer und der Korse liegen Seite an Seite im Tunnel und bohren. Die 200-Watt-Scheinwerfer und die Schweißgeräte lassen die Temperaturen erheblich ansteigen. Schweiß läuft den beiden Männern über Gesicht und Rücken. Der Dunst und Rauchabzug arbeitet mit Volldampf.

Die Stahlbetonmauer des Tresorraums ist dreißig Zentimeter dick, doch die »Kanalratten« haben bereits die Hälfte davon in den letzten Wochen herausgebrochen. In der ersten Nacht, als sie mit den Preßlufthämmern loslegten, hat Spaggiari draußen vor der Bank gestanden und gehorcht: Kein Laut drang nach oben.

Der Maurer und der Korse bohren vierzehn Löcher im Abstand von anderthalb Zentimetern. Dann kriechen sie zurück und überlassen die weitere Arbeit dem Chinesen. Spaggiari reicht ihnen Handtücher und Flaschen mit Mineralwasser, das sie durstig in sich hineinschütten.

Nun geht der Chinese mit Hammer und Meißel auf die Betonwand los. Er trägt eine Schutzbrille, aber ein Steinsplitter hat ihm bereits die Wange aufgerissen. Er macht fünfzig Schläge mit dem großen Hammer und dreißig mit dem kleinen. Dann kriecht er zurück und macht P. Platz. Mehr als achtzig Schläge hintereinander schafft keiner. Hinter ihnen schaufelt ein fünfter Mann den Betonschutt in Säcke, und ein sechster karrt ihn fort.

Der ›Maurer‹ leert die Wasserflasche und legt seinen Arm um die Schultern von Spaggiari.

»Was verpassen wir heute im Fernsehen?«

»Die Unbezwingbaren«, sagt Spaggiari.

Alle lachen.

P. beendet seine achtzig Schläge und Spaggiari kündigt eine Pause an. Er dreht die Scheinwerfer aus und läßt nur eine 25-Watt-Lampe brennen, damit die kühle Luft aus den Kanälen hereinströmen kann. Aus einer Tragetasche holt er eine Thermosflasche und schenkt jedem Kaffee ein.

Die Stimmung ist gelockert, aber kurz vorher hat es einen kritischen Moment gegeben. Die Männer hatten erwartet, daß sie den Laserstrahl einsetzen können, da erklärte Spaggiari plötzlich, daß das unmöglich sei: Die Maschine erzeugt zuviel Hitze und Abgase, um in dem engen Raum eingesetzt werden zu können. Besonders dann nicht, wenn sie keine Spezialkleidung dafür haben. Er hat den Laserstrahl nur gekauft, um seine Leute aufzumuntern. Es gibt böse Bemerkungen, als sie feststellen, daß sie ohne Laser noch eine weitere Nacht bohren und schweißen müssen. Aber damit hat Spaggiari gerechnet. Sie sind zu nah am Ziel, um aufgeben zu wollen. Der kritische Augenblick geht vorüber. Marcel, der Wachposten im Siphonraum, kommt zu ihnen: »Wie läuft's?«

»Was tust du hier?« schnauzt ihn Spaggiari an. »Roger hat mich abgelöst.« Dieser Roger sitzt eigentlich eine dreijährige Gefängnisstrafe in Marseille ab. Er nützt aber seinen Wochenendurlaub auf Ehrenwort - um die Mutter in Nizza zu besuchen - auf seine Weise gut aus. Statt nach Hause zu gehen, hat er sich entschlossen, lieber eine Million Franc zu verdienen, bevor er in seine Zelle zurückkehrt.

»Wie läuft's?« wiederholt Marcel.

P. antwortet: »Die Wand klingt jetzt ein wenig hohler. Ich glaube, wir sind fast drin. Wir werden wahrscheinlich in den nächsten Stunden durch sein.«

Samstag, 10 Uhr 30

Die Meißel sind stumpf und die Männer halbtot, aber die Wand hält noch. Vier Männer liegen flach auf dem Sisalläufer, sie sind zu müde, um sich noch bewegen zu können: Der ›Maurer‹, Henri der Schweißer, Marcel und Roger. Im Kanal machen acht andere Männer in Gummistiefeln Gymnastikübungen, um ihre Muskelkrämpfe loszuwerden. Sie schwingen und strecken die Arme, machen Kniebeugen. Nur gerade stehen können sie nicht. Roger meckert: »Wir werden morgen noch hier sein. Wir müssen doch den Laser nehmen.«

»Nein«, unterbricht Spaggiari. »Weißt du nicht, was eine Temperatur von fünftausend Grad in einem so kleinen Raum bedeutet? Wir würden wie Hühnchen gegrillt werden.«

»Wir könnten das Ding im Kanal montieren und von dort aus arbeiten.«

»Die Abgase würden uns ersticken. Außerdem würde der Rauch durch die Kanalgitter auf die Straße abziehen. Dann können wir uns gleich der Polizei stellen.« Eine peinliche Stille folgt. Spaggiari zündet sich eine neue Zigarette an.

»Wer abhauen will, der braucht es nur zu sagen!«

Der ›Maurer‹ nickt müde, steht auf und geht wieder auf die Tresorwand zu. Der Chinese folgt ihm. Spaggiari ist erleichtert. Ein weiterer kritischer Moment ist überstanden.

Samstag, 16 Uhr

»Heilige Mutter Gottes!«

Der ›Maurer‹ ist drauf und dran, durchzudrehen. Der Meißel ist wie in seine Hand geschweißt. Seine Augen brennen, es ist so verdammt heiß, und er braucht unbedingt Schlaf. Stückchen für Stückchen bröckelt der Beton vom eingelassenen Stahl ab.

Da verliert der ›Maurer‹ jede Kontrolle über sich. Er rammt den Meißel in den Beton und schwingt den Hammer mit aller ihm noch verbleibenden Kraft. Der Beton gibt nach. Der Meißel bricht durch, und die Wucht des Schlages treibt den Griff des Meißels und den Daumen des »Maurers« in das Loch. Er schreit voller Schmerz und Verzweiflung und wird ohnmächtig. Sie sind durch.

Mit einem großen Satz ist Spaggiari bei ihm. Vorsichtig zieht er die Hand des »Maurers« aus dem Loch. Er zuckt zusammen: Der Daumen des Mannes sieht aus wie rohes Fleisch. Er gibt dem ›Maurer‹ eine Novocaininjektion.

Erst dann schaut er auf die Tresorwand.

»Was ist los?« fragt der Chinese.

»Wir haben es geschafft!«, jubelt Spaggiari. »*Wir sind durch diese Scheißwand durch!*«

Alle lachen und applaudieren.

Fünf weitere Stunden dauert es, bis das Loch groß genug ist, daß ein Mann bequem hindurchkriechen kann. Der ›Maurer‹ ist außer Gefecht und muß laufend mit Beruhigungsmitteln versorgt werden. Aber niemand hat Zeit, ihn zu bemitleiden. Sie sind alle zu beschäftigt. Als das letzte Stück Beton weggemeißelt und fortgeschafft worden ist, schweißt der Chinese noch das letzte Stahlgitter durch und biegt es auf die Seite. Als er soweit ist, winkt er Spaggiari herbei.

Albert kniet auf dem Sisalläufer und späht durch das Loch. Auf der anderen Seite steht das, womit er gerechnet hat. Einer der Panzerschränke, hinter dessen Rückwand die Schließfächer liegen. Dreißig Tonnen soll er schwer sein, hat ihm ein Bankbeamter gesagt. Spaggiari dreht sich um und spricht mit René: »Los, sag Marcel Bescheid.«

Samstag, 21 Uhr

René, den alle den Dichter nennen, weil er so romantische Augen und langes Haar hat, eilt das Kanalsystem entlang, und seine Hände streifen die Wände. Er erreicht die unterirdische Straße und rennt zum Siphonraum, wo Marcel wartet.

»Den hydraulischen Heber«, sagt er.

Marcel verschwindet in der Tiefgarage und läuft die Stufen zum Ausgang hinauf, in die Rue Félix-Faure. Er gibt mit seiner Taschenlampe zwei kurze Signale quer über die Straße.

Der wartende Renault 5 antwortet mit zwei Blinkzeichen der Scheinwerfer, startet und fährt in die Avenue Verdun hinein. Der Renault 4, der aussieht wie ein Wagen der Elektrizitätswerke, parkt hier mit ausgeschalteten Lichtern. Der Renault 5 hupt kurz, als er vorbeifährt.

Capitaine V., der Vietnam-Veteran, und G., der Algerier, haben nicht im Auto gewartet, sondern sitzen auf einem Mäuerchen, das den Park Albert I. begrenzt. Sie haben vierundzwanzig Stunden länger gewartet - viel länger als geplant. Sie beobachten den Renault 5, wie er in der Rue Paradis verschwindet, und steigen in den Wagen. Auf den Vordersitzen ziehen sie blaue Overalls und die dazu passenden Mützen der Arbeiter der städtischen Elektrizitätswerke an. Der Algerier startet durch. Sie halten vor der roten Ampel auf der Promenade des Anglais gegenüber dem Hotel Meridien. An der Ecke kontrollieren zwei Polizisten die Führerscheine von drei Motorradfahrern. Dann springt die Ampel auf Grün.

Der Algerier fährt rund um den Block. Durch die Avenue des Phocéens, über die Place Masséna, durch die Rue Gioffredo und die Rue St.-Michel. Der Renault 4 hält an der Kreuzung der Rue Gustave-Deloye und der Rue de l'Hôtel-des-Postes. Der Algerier zieht den Zündschlüssel heraus, und beide Männer verlassen das Fahrzeug. Sie bewegen sich schnell, versuchen aber, so natürlich wie möglich zu wirken. Als hätten sie alles Recht der Welt, hier zu parken. Auf der anderen Straßenseite sitzen die abendlichen Stammgäste in der ›Taverne Alsacienne‹ beim Gewürztraminer. Sie beobachten gelangweilt die Männer.

Der Algerier stellt ein blaues Licht und das Schild »Vorsicht-Bauarbeiten« auf. Capitaine V. öffnet die Rückseite des Autos und holt einen Pickel heraus. Er stemmt damit den Kanaldeckel hoch, der die Marke ›Pontamousson‹ trägt. Dann steigt er durch die Öffnung.

Der Algerier bewegt den hydraulischen Heber mit unglaublichem Kraftaufwand. Er wiegt mindestens einen Zentner. Vorsichtig läßt er ihn durch das geöffnete Kanalgitter in den Schacht gleiten.

Capitaine V. übernimmt die Last und gibt sie dann weiter an die Männer, die im Kanal warten.

Dann steigt er wieder auf die Straße zurück und verschließt den Deckel.

Die beiden Männer in den Overalls entfernen das Blaulicht und das Straßenschild. Der Algerier startet den Motor und fährt los.

Der Renault 4 hat genau sechsundzwanzig Sekunden an dieser kritischen Stelle geparkt.

Im Kanal wird das Licht wieder angeschaltet. Der Chinese und der Korse tragen den Hebebaum auf ihren Schultern. Schweigend und behutsam bringen sie ihn bis zum Eingang des Tunnels. Der ›Maurer‹ dirigiert sie. Sein Daumen ist bandagiert, und sein Arm hängt in einer Schlinge.

Sie rollen den Heber über den Sisalteppich und schieben ihn bis zu dem Loch in der Tresorwand.

Roger, der Sträfling mit dem Urlaubsschein, stellt eine Verankerung für den Hebebaum her. Er hat einen schweren Balken dafür gewählt, den er zwischen Boden und Decke im Tunnel verkeilt.

Spaggiari und P. stemmen den Heber hoch und drücken sein Ende gegen die Holzverankerung und den Hebebaum, durch das Loch der Tresorwand, gegen den Stahlschrank. Der Chinese pumpt den Heber mit aller Kraft, die Spitze bewegt langsam den Dreißig-Tonnen-Stahlschrank und drückt ihn beiseite. Spaggiari und P. lassen den Hebebaum los. Er sitzt fest.

Der Chinese pumpt weiter. Das Ungetüm muß fünfzig Zentimeter weit weggehievt werden, um den Männern genügend Platz zu lassen. Spaggiari hat das genau ausgerechnet. Denn etwas mehr - und der Panzerschrank würde nach vorn kippen und auf den Boden stürzen.

Dem Chinesen rinnt der Schweiß in Strömen über das Gesicht. P. hat nachgemessen, und der Abstand zwischen Schrank und Wand stimmt genau. René hält einen fünfzig Zentimeter langen Stützbalken bereit.

»Okay, das reicht«, sagt P. Das Monstrum hat sich zweiundfünfzig Zentimeter nach vorn geneigt. René schiebt seinen Balken parallel zum Hebebaum dazwischen, und der Chinese läßt mit dem Druck nach, bis das Gewicht auf dem Stützbalken ruht.

Das Holz ächzt und knackt, aber es hält. Der Chinese setzt den hydraulischen Heber auf den Boden zurück.

Spaggiari kriecht durch das Loch in den Tresorraum.

V.
DIE ERNTE

Eine Porno- und Paté -Party
für Gangster-Millionäre

Schlagzeile im Londoner ›Daily Express‹

Sonntag, 2 Uhr
Spaggiaris Taschenlampe streift über die spärliche Einrichtung im Tresorraum: Stahltische, alte Stühle, Panzerschränke. Eine tote Welt.

Henri der Schweißer kriecht als nächster durch das Loch, das Schweißgerät und zwei Gasflaschen schleppt er hinter sich her. Er weiß, was er zu tun hat. Schnell, ohne zu sprechen, durchquert er den Tresorraum. Konzentriert wendet er sich dem Rahmen der Tresortür zu. Falls jemand von der Bank am Sonntag in den Tresorraum will, wird er die Tür verschlossen finden. Die ›Kanalratten‹ würden inzwischen genügend Zeit haben, zu verschwinden.

Der Korse schmiert frischen Zement um den Türrahmen und dichtet alle Lücken ab. Das gleiche macht er mit den Ventilationsgittern, die in die Tresorwände eingelassen sind. Nun kann kein Licht, kein Rauch, kein Laut mehr an die Außenwelt dringen.

Erst jetzt schaltet Spaggiari das volle Licht an. Der Rest der Mannschaft kommt mit dem nötigen Werkzeug nach. Begeistert machen sie sich an die Arbeit.

Der Boxer nimmt eine Stahlsäge und entfernt das Eisengitter, das den Raum mit den Schließfächern von der Stahlkammer mit den Bankreserven trennt. Anschließend knackt er das Gitter vor dem Nachtsafe.

Der Chinese und der Korse kümmern sich um die Panzerschränke. Sie zerschmelzen die Angeln und schweißen ein fünfzehn Zentimeter großes Loch in die Tür. Dann setzen sie einen Hebel an und reißen sie mit Pickel und mit Stemmeisen heraus. Nun ist es leicht, jedes einzelne Schließfach zu öffnen. Die Fächer sind aus dünnem Metall, das sie mit dem Schneidbrenner weich machen. Dann schlagen sie die Fächer mit dem Hammer auf und reißen sie mit dem Brecheisen aus der Verankerung.

Hysterie und Nevenzusammenbrüche liegen in der Luft.

Einen Moment noch arbeiten die ›Kanalratten‹ hart, ruhig und professionell, sind sich der ständigen Gefahr bewußt, geschnappt zu werden und konzentrieren sich darauf, innerhalb von vierundzwanzig Stunden soviel Beute zu machen, wie möglich. Im nächsten Augenblick lachen sie vor unsäglicher Freude los.

Alle haben sie auf diesen Moment gewartet. Wochen-, monatelang. Durch die Anstrengungen, mehr als einen ganzen Tag hier unten in der Kanalisation mit dem Versuch verbracht zu haben, durch die Wand in den Tresor zu gelangen, waren ihre Nerven bis zum Zerreißen gespannt.

Sie können es immer noch nicht fassen: Sie sind in Ali Babas Keller, abgeschirmt von der Außenwelt, durch eine zugeschweißte Stahltür, allein mit allen Träumen von Reichtum: Stapel von Goldbarren, Säcke voll Bargeld, Berge von unschätzbaren Juwelen.

Sie drehen durch.

Irres Gelächter erfüllt den Tresorraum. Der Poet wird von einem Schüttelkrampf erfaßt. Der Chinese grabscht sich ein Bündel Staatspapiere und wirft sie in die Luft: »Laßt uns daraus Konfetti machen!«

Die anderen folgen seinem Beispiel. Obligationen, Schuldscheine, Verträge, Testamente, Banknoten und Wechsel fliegen durch den Raum. Es ist wie in einer klassischen Stummfilm-Komödie.

Nur Spaggiari und der ›Maurer‹ stehen abseits von all dem. Der ›Maurer‹, der noch immer unter den Schmerzen seines zerfetzten Daumens leidet, meint: »Diese Papiere sind Geld wert. Da sind Inhaberschecks dabei, die jeder einlösen kann. Da gehen wir kein Risiko ein.«

»Die wirst du schön vergessen, Freundchen!« sagt Spaggiari. »Wir werden mehr Bargeld, Gold und Schmuck finden, als wir tragen können.«

»Ich verstehe nicht, warum wir das Geld zum Fenster rauswerfen sollen?«

Spaggiari versteift sich: »Wir haben das alles vorher abgesprochen. Wir nehmen nur das Geld, Bargeld, wertvolle Steine und Schmuck - alles andere vergiß.«

Er entscheidet, daß die Hysterie jetzt lange genug gedauert hat. Er beruhigt jeden einzelnen seiner Leute. Als wieder Stille eingekehrt ist, kündigt er an: »Wunderbar, Männer. Dann laßt uns eine Pause einlegen und anständig essen.«

Der Vorschlag wird mit großem Hallo aufgenommen. Seit sechsunddreißig Stunden haben sie nichts weiter als ein paar Häppchen Schokolade und Mineralwasser gekriegt. Nun zaubert Spaggiari wie ein Magier, der Kaninchen aus dem Hut holt, leckere Sachen herbei: Schmackhafte Leberpasteten, Salami, Knoblauchwürste, Fertiggerichte, Tütensuppen, frische Datteln, Trauben und Orangen.

Der ›Maurer‹ setzt einen Topf mit Mineralwasser auf den tragbaren Kocher und fragt: »Wer will eine deftige Erbsensuppe mit Speck haben?«

Einer der Männer scherzt: »Nächstes Mal mußt du einen größeren Herd mitbringen und uns einen Kuchen backen.«

Der Chinese findet eine Fertigpizza in Cellophan. »Plastikfraß«, schimpft er. Dann entdeckt er frische Gänseleber-Paté und stürzt sich begeistert darauf.

Henri der Schweißer baut auf dem Stahltisch ein appetitliches Büffet auf. Die Wertpapiere aus den Schließfächern dienen als Tischdecke. Das Menü: Fisch, rohe Zwiebeln, Pasteten, Joghurt und Zwieback. Spaggiari greift nach einem goldenen, tiefen Teller, der das Wappen einer adligen Familie trägt und hält ihn dem ›Maurer‹ hin. »Ich hätte gern etwas Suppe.«

Der Poet öffnet eine Flasche Margnat-Village und gießt Henri dem Schweißer einen silbernen Pokal voll.

»Wir hätten uns besseren Wein leisten können«, sagt Henri.

»Vielleicht hätte Monsieur lieber einen Chateau Lafitte-Rothschild 61 gehabt oder einen Gevrey-Chambertin 59?« scherzt der Poet.

»Glaubt Monsieur nicht daß wir schon genug Zeug durch den verdammten Kanal schleppen mußten?«.

Der Korse sitzt auf einer Gasflasche und schaut sich ein paar Fotos an, die er in einem Schließfach gefunden hat. Genüßlich schlürft er seinen Wein. »Ich habe schon bessere gesehen«, sagt er und zeigt sie herum. Es sind Amateurfotos, die nackte Männlein und Weiblein mittleren Alters zeigen. Sie versuchen sich in allen nur möglichen Stellungen beim Sex. Einige der Gesichter sind zu erkennen, sie strahlen vor Vergnügen.

»Das sind Spitzenleute aus der gehobenen Gesellschaft«, sagt einer. »Wir sollten sie bloßstellen.« Er klebt einige der Bilder an die Wand.

Spaggiari ruft nach dem ›Maurer‹, der die Rolle des Kochs übernommen hat: »Hallo, Ober, wie steht's mit dem Kaffee?«

»Sofort, mein Herr.«

Spaggiari verteilt Zigarren und Zigaretten.

Plötzlich sagt einer: »Psst! Um Gottes willen, seid mal still!«

Man kann eine Stecknadel fallen hören. Alle haben sie es gehört. Ein leises, aber doch ganz deutliches Geräusch, das aus dem Nachtsafe kommt. Spaggiari durchquert auf Fußspitzen den Tresorraum und geht in die Ecke, aus der das Geräusch kommt.

Der weiße Rolls-Royce hält in der Rue de l'Hôtel-des-Postes, und drei Männer steigen aus. Einer von ihnen trägt eine Tasche mit Geld, die anderen beiden sind seine Leibwächter. Alle drei sind jung, groß, athletisch gebaut und bewaffnet. Sie schauen sich nervös auf der vom Mondlicht beschienenen Straße um. Sie sind ängstlich, wie eben jemand ist, der ein paar hunderttausend Francs in der Tasche hat. Da kann einer noch so jung, groß, athletisch gebaut und bewaffnet sein. Die Casino-Einnahmen einer langen Samstagnacht sind in der Geldtasche. Nizzas Gewohnheitsspieler haben verloren, aber das meiste Geld stammt von Touristen: Engländer, Deutsche, Amerikaner und Araber, speziell Araber.

Die drei Männer wissen nicht genau, wieviel Geld in den Stahlboxen ist, die von jemand anderem im Casino gefüllt und versiegelt werden. Aber sie wissen, daß es verdammt viel ist. Eine

Summe, für die es wert ist, jemanden umzubringen. Das ist in Nizza schließlich an der Tagesordnung.

Sie gehen auf den Einwurfschlitz der Bank zu. Die beiden Leibwächter schauen angestrengt nach links und rechts. Der Geldträger öffnet seine Tasche und wirft die verschlossenen Boxen in den Nachtsafe.

Die drei Männer entspannen sich. Das Geld ist in Sicherheit.

Sie steigen in ihren Rolls und fahren davon.

Spaggiari wartet im Nachtsafe mit geöffneten Armen. Mit einem teuflischen Grinsen nimmt er die Casino-Kasse in Empfang.

Er verneigt sich dankbar: »Vielen Dank, Messieurs, schlafen Sie wohl!«

Die anderen finden das riesig.

Spaggiari öffnet die Geldkassetten und schaut sich das Bargeld an. »Rund eine Million«, schätzt er. »Das muß die Casino-Kasse sein.«

Er drückt die Zigarre aus und wendet sich wieder den Schließflächern zu. Die anderen folgen ihm. Die Zeit wird knapp.

Noch einmal stellt Spaggiari einen genauen Arbeitsplan auf, mit dem er die Männer zwingt, regelmäßig Pausen einzulegen und sich zu erfrischen. Der Chinese will durcharbeiten, aber Albert will davon nichts hören. »Wir treten uns ohnehin schon auf die Füße.«

Die Luft im Tresorraum wird dünn, trotz des Rauchabzuges haben sie kaum noch Sauerstoff. Spaggiari muß sich anstrengen, die Männer aufzumuntern.

Einmal erscheint Roger: »Das Wasser steigt. Draußen muß ein Gewitter sein.«

»Wir sind in Sicherheit«, sagt der ›Maurer‹. »Die Flutkanäle halten jedes Unwetter aus.«

Roger hat Verlangen nach einer kleinen Stärkung.

»Gänseleber«, jubelt er. »Nichts anderes als Gänseleber-Paté. Das ist das richtige Essen für einen Knastbruder.«

Sonntag, 22 Uhr

Der Juwelier kommt durch die Tiefgarage. Marcel geleitet ihn durch die Kanäle in den Tresorraum. Angeekelt watet er durch die Abwässer. Er ist ein pingeliger Mann mit weibischen Bewegungen.

Marcel zeigt ihm die Edelsteine. Der Gesichtszug des Mannes verändert sich sofort. Seine Augen kriegen einen lüsternen Glanz, als er die Juwelen durch die Finger gleiten läßt. Er klemmt die Lupe ins Auge: Diamanten, Rubine, Saphire, Smaragde, Gold und Silber. Noch nie hat er soviel Reichtum auf einem Haufen gesehen.

Einige wenige Schmuckstücke schiebt er beiseite, weil sie ihm nicht wertvoll genug erscheinen, auf dem schwarzen Markt gehandelt zu werden. Die besten Steine läßt er in ein schwarzes Samtsäckchen fallen, und das steckt er wiederum in einen größeren, blauen Behälter. Jeder nimmt vor Aufregung einen Schluck aus der Mineralwasserflasche. Er errechnet den Gesamtwert der Beute, als er geht. »500 000 Francs plus 50 000 = 550 000 plus 80 000 ...«, murmelt er vor sich her. Es sind gut und gern zehn Millionen, die er mit sich nimmt.

Die Männer entdecken einen schnelleren Weg, wie sie an die Schließfächer kommen. Einige der Panzerschränke haben auf beiden Seiten Schließfächer. Eine Tür ist vorn und eine hinten. Sie brauchen nur die dünne Trennwand der vorderen Box zu durchstoßen, um an die hintere heranzukommen. Das erspart ihnen die schwere Arbeit, die andere Safetür und jedes Schließfach extra zu knacken.

Spaggiari bestimmt vier Männer, die ganze Beute einzusammeln: Den Poeten, Capitaine V., Roger, den Knastbruder und den Boxer. Sie wickeln die Goldbarren in das Papier, in das die Werkzeuge verpackt waren. Bargeld und Juwelen werden in den Plastiksäcken verstaut, die Spaggiari mitgebracht hat.

Roger fragt: »Sollen wir das ganze schöne Werkzeug hierlassen?«

»Was meinst du, was wir damit tun sollen?« flachst der Chinese. »Auf dem Flohmarkt verkaufen?«

Montag, 5 Uhr

»Das war's«, ruft Spaggiari. »Es ist Zeit, wir müssen verschwinden!«

Der ›Maurer‹ dreht das Gas ab. Henri der Schweißer schiebt seine Brille rauf. Sein Gesicht ist mit Ruß, Schweiß und Staub bedeckt. Seine Augen sind rot umrändert.

»Ist es schon soweit?« fragt Henri. Er schaut auf seine Uhr. »Mein Gott, es ist ja schon Morgen.«

Sie haben vierhundert von den viertausend Schließfächern geknackt. Es ist natürlich frustrierend, soviel Reichtum hinter sich lassen zu müssen. Aber, wenn sie zusammenrechnen, was sie an Beute gemacht haben, spielt das keine Rolle mehr.

Spaggiari organisiert den Aufbruch. Die Männer tragen ihre Schätze durch den Tunnel und beladen die Schlauchboote. Der Poet schlägt vor, den Stützbalken fortzuziehen, der den Panzerschrank in der Schräglage gehalten hat. »Dann brauchen sie noch länger, um festzustellen, wie wir reingekommen sind.« Spaggiari ist das egal. Er will raus hier - so schnell wie möglich.

Der ›Maurer‹ verläßt als letzter den Tresorraum und schaltet das Licht aus.

Die Schlauchboote, Luftmatratzen und Autoschläuche sind voll beladen. Noch nie ist soviel Gold, Bargeld, Schmuck von Kloakenwasser getauft worden. Die Beute wird in den Landrover gehievt. Unterwegs entledigen sich die Männer ihrer Handschuhe, Brillen und der verschiedenen Werkzeuge.

Sie ziehen ihre wasserdichten Overalls aus und verschwinden einzeln oder zu zweit durch die Tiefgarage.

Henri der Schweißer, der Korse und Spaggiari steigen in den Landrover. Der Chinese startet den Motor und dreht sich um. Der ›Maurer‹, der mit seinem bandagierten Daumen Schwierigkeiten beim Umziehen hat, gibt das Signal. Der Wagen fährt los.

Der Chinese schaltet die Scheinwerfer aus, als ihnen das Tageslicht am Ende der unterirdischen Straße entgegenflutet. Der Motorradfahrer, der noch immer seine Stellung hält, gibt das Zeichen, daß alles O.K. ist. Henri und der Korse steigen aus dem

Wagen und entfernen die Barriere.

Der Chinese fährt in den neuen Tag hinein.

Der Motorradfahrer schwingt sich auf seine Maschine und braust davon. Henri und der Korse stellen die Barriere wieder auf ihren Platz und klettern in den Landrover zurück.

Der Chinese fährt durch das sandige Flußbett, über einen Erdwall auf die Straße zurück. Sie passieren die Messehalle von Nizza und verschwinden in Richtung Laudimères.

Die Stadt erwacht gerade. Draußen vor der Bank reinigt ein Straßenkehrer den Bürgersteig der Rue Gustave-Deloye. In den Cafés werden die Jalousien hochgezogen. Über der Baie des Anges schiebt sich die Sonne höher in den Himmel. Es verspricht, wieder einmal ein sehr heißer Tag zu werden.

VI.
DER FALL WIRD AUFGEROLLT

Fahren Sie ohne Sorgen in den Urlaub:
Mieten Sie sich ein Schließfach
bei der Societé Générale!

Werbespruch der Bank im Sommer 1976

Das ist der Alptraum eines jeden Bankiers: Er steht allein in seiner verlassenen Bank, hinter verschlossenen und vergitterten Türen. Währenddessen bildet sich draußen, vor dem Eingang, eine immer größer werdende Menge von Kunden, die immer lauter und wütender werden und ihr Geld zurückverlangen.

Die Story des Superdings sickert durch, als an diesem frühen Nachmittag einer der Kriminalbeamten den Reportern von ›Nice Matin‹ einen entsprechenden Tip gibt. Um 17.30 Uhr bringt Guy Salignon, der Nachrichtensprecher von ›Europe I‹, eine Sondermeldung. Um 17.45 Uhr läuft die Meldung auch über ›Radio Monte Carlo‹. Und zehn Minuten später wissen es alle Agenturen der Welt. Das Telefonsystem in Nizza läuft heiß.

Die ganze Nacht hindurch wartet eine Gruppe von aufgeregten Kunden vor der Bank. Um halb neun Uhr am nächsten Morgen sind einige von ihnen kurz vor dem Randalieren.

Eine Frau fällt in Ohnmacht. Eine andere sitzt auf dem Bordstein und weint still vor sich hin. Einige reden davon, daß sie Direktor Guenet lynchen wollen. Ein gut gekleideter, junger Mann rüttelt an dem Eisengitter des Portals wie ein Wahnsinniger und schreit: »Aufmachen, sofort aufmachen. Es geht um Leben und Tod!«

Den Reportern erklärt er dann etwas ruhiger: »Mein Vater hat hier ein Schließfach, in dem die Ersparnisse seines ganzen Lebens liegen. Er ist achtzig Jahre alt. Wenn ich ihm nicht versichern kann, daß das Geld gerettet ist, stirbt er vor Schreck.«

Ein hysterischer Kunde schreit die Polizei an: »Ihr behandelt uns, als ob wir die Gangster wären!«

Die Bankangestellten werden von der wütenden Menge bespuckt. Als die Polizei versucht, die Leute auseinanderzutreiben, erreicht sie nur einen Sitzstreik auf dem Bürgersteig. Der gutgekleidete junge Mann stellt sein Auto ins Halteverbot und weigert sich, auch nur einen Millimeter von der Stelle zu weichen.

Einer der Kunden bringt einen Gerichtsvollzieher mit und verlangt, sein Schließfach zu sehen. Er wird beinahe tätlich, als ihn ein Bankangestellter beruhigen will. Schließlich wendet er sich an den mitgebrachten Beamten: »Bitte, bezeugen Sie, daß man mich nicht an mein Schließfach gelassen und mir jegliche Unterstützung verweigert hat.«

Vergeblich erklärt die Direktion der ›Societé Générale‹, daß der Tresorraum erst gereinigt werden müsse und die Polizei strikte Anweisungen gegeben habe, niemanden einzulassen. »Das können Sie Ihrer Putzfrau erzählen«, höhnt jemand.

Endlich gibt Guenet ein Kommuniqué heraus. Nur ein kleiner Teil der Schließfächer sei aufgebrochen worden, sagt er. Aber er weigert sich, eine Liste der Safenummern herauszugeben. Statt dessen nennt er die ungefähren Zahlenbereiche, in denen die ›Kanalratten‹ gearbeitet haben. Er bittet die Kunden mit Schließfächern in diesen Bereichen, eine Aufstellung über den Inhalt zu geben, und sichert volle Entschädigung zu.

Die Polizei wird sich mit diesen Inhaltsangaben beschäftigen. Dieser Plan macht die Kunden noch wütender, aber vom Standpunkt der Bank aus ist es der einzig mögliche Weg. Denn auf diese Weise kann niemand sicher sein, daß sein Fach zu den ausgeraubten gehörte, und deshalb wird niemand versucht sein, eine falsche Bestandsliste einzureichen und größere Schadensersatzforderungen zu stellen, als ihm zukommen. Die Kunden sind empört und behaupten, die Bank behandle sie wie Diebe.

Viele halten die Aufstellung einer solchen Liste für eine Zumutung. »Ich miete ein Schließfach aus Gründen der Sicherheit und der Geheimhaltung«, sagt jemand. »Das wurde mir versprochen, als ich das Fach mietete. Sie haben nicht nur im Hinblick auf die Sicherheit versagt, jetzt verlangen Sie auch noch, meine persönlichen Angelegenheiten jedem neugierigen Polizisten in Nizza zugänglich zu machen.«

Wenigstens ein Teil der Kunden ist zufrieden. »Ich weiß, was in meinem Schließfach war, und ich kann es beweisen. Ich habe nichts zu verbergen. Die Bank ist versichert, und mein Schaden wird mir ersetzt werden. Jetzt brauche ich mir keine Sorgen mehr zu machen.«

Ein anderer meint: »Der Tresor ist wie die Maginot-Linie: Die Invasion kam von der anderen Seite. Ich ziehe meinen Hut vor den Räubern. - Wenn doch einmal die Straßenarbeiten genauso sorgfältig ausgeführt würden.«

Einem Kunden gelingt es, bis zu Guenet durchzudringen. Der sagt zu ihm: »Ich werde Ihnen gegenüber keine Erklärungen abgeben. Ich habe meine Pflicht getan.« Der Kunde wiederholt diese dreiste Bemerkung vor Reportern.

Dem guten Ruf der Bank kann dieses ungeschickte Verhalten gegenüber der Öffentlichkeit nur schaden. Genausowenig nützen die fünftausend Werbebroschüren, die kurz vor dem Superding verteilt wurden. Unter dem Foto eines ausgeplünderten Appartements steht in großen Lettern: »Fahren Sie ohne Sorge in den Urlaub: Mieten Sie sich ein Schließfach bei der ›Societé Générale‹!

Und die Untersuchung verzögert sich mehr und mehr. Die Polizei erklärt, daß sie alle Schadensersatzforderungen nach dem 28. Juli in der Avenue Foch Nummer 1 annehmen würde. Die Bankkunden werden informiert, daß sie sich mit ihren Ausweisen und Safelisten bereithalten sollen.

Sieben der dreihundertsiebzehn Geschädigten weigern sich, ihre Ansprüche geltend zu machen. Ein Mann legt eine falsche Aufstellung vor, und ihm werden zweihunderttausend Francs für gestohlenen Schmuck ausbezahlt. Aber er gibt das Geld zurück, nachdem er entdeckt, daß seine Frau den Schmuck aus dem Schließfach genommen hat, bevor sie mit einem anderen Mann durchgebrannt ist.

Das Faß der Unverschämtheiten läuft über, als die Bank die Safelisten der Kunden mit dem jeweiligen Kontostand vergleicht. Sie streitet sich mit den nicht so Begüterten darüber, daß es doch unmöglich sei, soviel Reichtum im Schließfach angesammelt und kaum einen Franc auf dem Konto zu haben. Schließlich zahlt die

Bank: Fünf Kunden am Tag. Jeder der Entschädigten muß eine schriftliche Erklärung abgeben, daß er das Geld zurückzahlt, wenn sein Eigentum entdeckt und an ihn zurückgegeben wird.

Die Direktion der Bank gibt ein weiteres Kommuniqué heraus, in dem sie sich für den Bankraub entschuldigt. Die Kunden nehmen das mit Verachtung und lautem Gelächter auf.

Die ›Societé Générale‹ verliert eine Reihe von Kunden. Die Betroffenen werden auch gebeten, die Gegenstände oder Papiere zu identifizieren, die die Gangster zurückgelassen haben.

Am 23. Juli versucht die Zentrale in Paris, ihren guten Ruf doch noch zu retten. Generaldirektor Laure setzt eine Belohnung von einer Million Francs für den Hinweis aus, der zur Ergreifung der Täter führt. Er hofft, daß dies die polizeilichen Ermittlungen beschleunigt. Für die Untersuchung ist das auch bitter nötig. Es gibt nur wenige heiße Spuren - besser gesagt, es gibt Hunderte von Spuren, die jedoch alle ins Nichts führen.

Der größte Teil der Ausrüstung, die sie zurückgelassen haben, stammt aus Kaufhäusern und Geschäften, wie es sie in Frankreich zu Tausenden gibt. Die Schraubenzieher mit dem Markennamen ›Kilt‹, beispielsweise, stammen von der Kaufhauskette ›Nouvelles Galeries‹. Sie werden zu Zehntausenden jährlich allerorten verkauft. Die Gasflaschen mit der Oxy-Acetylene-Mischung sind numeriert und können so bis zum Hersteller zurückverfolgt werden. Aber es stellt sich heraus, daß sie von einer Baustelle in Vitrolles bei Marseille gestohlen wurden. Einige der Pickel haben Knöpfe aus Wolframstahl, was eher ausgefallen ist. Kripobeamte klappern alle Eisenwarenhandlungen in der Umgebung ab. »Bestes Material«, hören sie. »Das Beste, was es auf dem Markt gibt. Wir verkaufen viel davon. Aber ich kann mich nicht an jeden einzelnen Kunden erinnern.«

Die Segeltuchsäcke stammen aus einem Kaufhaus in Mailand, das Hunderte davon verkauft hat. Und so geht es weiter.

Die Beamten der Spurensicherung bestäuben die Wände der Tresorräume und untersuchen jeden Quadratzentimeter, ebenso die Werkzeuge. Natürlich finden sie Hunderte von Fingerabdrükken auf den Safetüren und an den Schließfächern. Doch die stammen von Kunden und Bankangestellten. Auf den Schneidbrennern, den Gasflaschen, den Schlauchbooten und selbst auf den Weinflaschen ist kein einziger Fingerabdruck. Alle Gangster haben die ganze Zeit über ihre Handschuhe getragen.

Die Mineralwasserflaschen, in die die ›Kanalratten‹ gepinkelt haben, werden zur chemischen Analyse geschickt. Aber die Gang hat sogar daran gedacht. Denn das Labor kann nichts Konkretes herausfinden: Mehr als eine Person hat in die jeweiligen Flaschen uriniert.

Hoffnungen werden wach, als sich jemand auf der Polizeistation in der Avenue Foch Nummer 1 meldet und behauptet, daß er die Gang gesehen hat. »Ich habe Samstagabend in der ›Taverne Alsacienne‹ ein Glas Wein getrunken. Ein Renault 4 hat an der Ecke der Bank geparkt, und zwei Männer haben kurze Zeit am Kanaleinstieg verweilt. Ich habe nicht besonders darauf geachtet, weil ich dachte, daß es sich um dringende elektrische Reparaturarbeiten handeln würde.«

»Können Sie die Männer beschreiben?«

»Sie haben blaue Overalls getragen. Das ist alles, was ich gesehen habe.«

Auch mit dem dreihundert Meter langen Elektrokabel haben die Kriminalbeamten kein Glück. Zuerst glauben sie, ein Geschäft zu finden, wo sich der Inhaber an den Käufer einer solchen Kabellänge erinnern kann. Doch dann müssen sie entdecken, daß die Leitung aus Teilstücken von vierzig und fünfzig Metern besteht.

Die Polizei muß sich darauf beschränken, hilfreiche Informationen von Zuhältern, Nutten, Drogenhändlern und kleinen Ganoven zu erhalten. Die Beamten statten den Cafés und Bars der berüchtigten Altstadt von Nizza zahlreiche Besuche ab. Sie werden von Informationen überschüttet: Jeder rühmt sich, beim Superding seine Hand mit im Spiel gehabt zu haben. Und all diese Gerüchte dringen an die Ohren der Kriminalbeamten. Doch kein Hinweis führt weiter. Und es tauchen zu viele Namen auf, als daß man sie alle überprüfen könnte. Die Recherchen enden wieder in einer Sackgasse.

Die Öffentlichkeit genießt den Erfolg der Bankräuber, und der geheimnisvolle Kopf des Unternehmens wird zu einer Art Nationalheld. (Etwas Ähnliches passierte in England mit den Posträubern; obwohl das Bild dort durch den Tod eines Eisenbahners getrübt wurde, den sie bei dem Überfall niedergeschlagen hatten. Doch die ›Kanalratten‹ haben niemanden verletzt.)

Die Polizei läßt durchsickern, daß der Kopf ein Italiener ist. Aber der Schuß geht ins Leere. Jeder weiß, daß die Geschichte erfunden ist.

Die Beamten bedienen sich sogar eines Computers, um den Anführer zu identifizieren. Sie füttern ihn mit allen bekannten Details, und die Datenmaschine spuckt all die Namen der Profis aus, die in der Vergangenheit bewiesen haben, daß sie zu einem solchen Superding fähig sind. Die Kripo überprüft sie alle. Doch entweder sind die Betroffenen im Gefängnis, außer Landes, oder sie haben excellente Alibis.

Sieben Tage nach dem Bankraub des Jahrhunderts erhält die ›Societé Générale‹ einen anonymen Anruf. Der Unbekannte will eine genaue Liste aller Beteiligten liefern, wenn die Bank die Belohnung verdoppelt.

Die Bank feilscht: Eine Million für die Namensliste, eine weitere für das Auffinden der Hundert-Millionen-Beute. Die Verhandlungen ziehen sich in die Länge, brechen dann jedoch ab. Inzwischen hat der Anrufer eine Liste mit den Initialen der Beteiligten geliefert, um seine Vertrauenswürdigkeit zu beweisen.

Obenan stehen die Initialen A. S.

Am Morgen des 20. Juli kauft sich Patrick Gruau wie gewohnt den ›Nice Matin‹ im Zeitungsladen gegenüber der Gendarmerie. Auf der Titelseite steht in großen Lettern: »Cambriolage hors série d'une banque à Nice« (»Außergewöhnlicher Bankraub in Nizza«). Er eilt auf die Wache und hält die Zeitung hoch: »Die haben die ›Societé Générale‹ in Nizza beraubt!«

Chef Pierre Dufour schaut von seiner Schreibmaschine auf. »Ausgeraubt? Wie? Ein Überfall?«

»Nein, nein: Ein Bankeinbruch. Hier, lesen Sie das.« Gruau breitet die Zeitung auf dem Tisch vor seinem Chef aus. Die anderen Gendarmen lesen über Dufours Schultern mit. Sie alle denken dasselbe: Ist dies das Superding, in das die vier Fremden in Castagniers verwickelt sind?

Dufour liest die Story mehrmals. Er studiert jedes Detail. Endlich sagt er: »Nein, das darf nicht wahr sein.«

»Das ist nicht wahr«, wiederholt Gruau.

Claude Destreil meint: »Die Männer waren aber ganz schön verlegen und nervös.«

Dufour schiebt seine Schreibmaschine zurück, steht auf, streckt seinen schlanken, braungebrannten Körper und greift nach seinem Käppi. »Ich fahre zur Villa«, sagt er. »Destreil, überprüfen Sie all ihre Namen im Strafregister. Gruau, Sie kommen mit mir. Sloma und Sanchez, wenn wir bis heute mittag nicht zurück sind, kümmern Sie sich um den Verkehr an der Vesubie-Kreuzung. Los, gehen wir.«

Das blaue Polizeiauto folgt der Route Nationale 202 entlang dem Var-Fluß. Gruau fährt. Beide Männer sind voller Hoffnung, die Bankräuber zu fassen, die der Kripo in Nizza solche Rätsel aufgeben.

Die Gendarmen fühlen sich immer benachteiligt. Sie sammeln sorgfältig alle Informationen und überlassen nichts dem Zufall. Analysieren, trennen die Spreu vom Weizen und schreiben ihren Bericht. Dann liefern sie ihre Unterlagen an die Kripo, die allen Ruhm dafür einstreicht. Es sind nur immer die Kriminalbeamten, die Auszeichnungen kriegen, Fernsehinterviews geben und berühmte Leute treffen. Die Gendarmen sind die Wasserträger, sie stehen im Schatten und müssen nach der Pfeife der Stadtpolizei tanzen. Sie haben den Eindruck, daß sie weniger Geld für mehr Arbeit erhalten. Ihre Stärke liegt in der genauen Kenntnis der Umgebung und in der Tatsache, daß sie sich nicht zu schade sind, Kleinigkeiten und Banalitäten auf den Grund zu gehen. Beispielsweise eine unbewohnte Villa zu beobachten, deren Fensterläden unerklärlicherweise geöffnet sind.

Dufours Verdacht gegen die fremden Männer ist seit dem Zwischenfall mit der Villa gewachsen. Er kennt den Besitzer. Und je mehr er darüber nachdenkt, desto weniger glaubt er, daß dies ein Mann ist, der sein Haus für eine suspekte Party zur Verfügung stellt.

Und noch etwas: Der Mann ohne Papiere hat gesagt, sein Name sei Alain Pons. Doch die Nachforschungen haben ergeben, daß es diesen Namen in ganz Frankreich nicht gibt.

Die Gendarmen haben in den letzten Tagen ein Auge auf die Villa geworfen, aber nichts Ungewöhnliches feststellen können.

Das kleine, blaue Fahrzeug erreicht die Auffahrt. Sie sehen die Spuren eines größeren Wagens gegenüber der Garage, die jedoch nicht frisch sind. Die beiden Männer schauen sich um und spähen durch die Fenster.

»Hallo!«

Sie drehen sich um und sehen einen älteren Mann, der mit einer Hacke in der Hand auf sie zukommt. Seine Mütze ist tief in die Stirn gezogen, um die Augen gegen die Sonne zu schützen. Es ist Félix Maurel, der gleich nebenan wohnt. Er ist ein guter Nachbar, und er ist ein bißchen neugierig. Er hofft, daß nichts passiert ist.

»Nichts Besonderes«, sagt ihm Dufour in der verschlossenen Art und Weise, wie sie Beamte nun einmal an sich haben. »Aber, sagen Sie mal, wissen Sie irgend etwas über die Leute, die vor acht Tagen hier waren?«

»Nicht genau«, sagt der alte Mann und zuckt die Achseln. »Ich nehme an, daß es Freunde des Besitzers waren. Ich glaube, es waren fünf oder sechs. Aber ich bin nicht sicher. Eine Zeitlang war hier ein ständiges Kommen und Gehen. Zu allen Tages- und Nachtzeiten. Aber es ist eine Weile her, daß ich einen von ihnen gesehen habe.«

Monsieur Maurel kehrt zu seinen Tomaten zurück, und die Gendarmen fahren zu ihrem Bistro.

Sie besuchen ihren Freund, den illegalen Pferdewetter. Er ist über die Bar gebeugt und studiert in der Zeitung die verschiedenen Rennen.

Dufour und Gruau nicken einigen Gästen zu. Ein Junge, der gerade einen Kasten Bier stemmt, ruft ihnen zu: »Na, haben Sie eine heiße Spur?«

»Berufsgeheimnis«, antwortet Dufour lächelnd. Sie blödeln mit dem Bistrobesitzer herum, hören sich sein Klagen über das schlechte Geschäft an und erfinden eine Geschichte über ein gestohlenes Auto, damit ihre Anwesenheit die Gäste nicht unnötig beunruhigt. Außerdem soll ja niemand wissen, daß der Mann ein Spitzel ist.

Als sie nach draußen gehen, folgt er ihnen unauffällig auf die Terrasse. Die beiden Gendarmen setzen ihre Käppis auf.

Ohne sie anzuschauen, flüstert der Mann ihnen zu: »Das Superding, von dem ich neulich sprach - das ist der Bankraub von Nizza.«

Die Gendarmen gehen zu ihrem Wagen zurück, als ob nichts gewesen sei.

Dienstagmittag wartet die Kripo von Nizza auf die Ankunft des Contrôleur-Général Honoré Gevaudan aus Paris, der wie eine Art Maigret die Untersuchung leiten soll. In Schottland packt der Commissaire-Divisionnaire Albert Mouray, 45, Chef der Polizei von Nizza, seine Angel ein und seinen Koffer. Mit dem Fischen und den Ferien wird es erst mal nichts mehr werden.

In London hängt ein Reporter vom ›Daily Express‹ am Telefon und ruft den ›Nice Matin‹ an, ob denn dieses Superding größer sei, als der Postraub in England: Es ist größer!

In Marseille packt der Chef der gesamten Kriminalpolizei der Côte d'Azur, General Mathieu, seine Sachen und macht sich ebenfalls auf den Weg nach Nizza.

In derselben Stadt ärgert sich die Marseiller Unterwelt und besonders eine gewisse Gruppe darüber, daß sie bei dem Superding nicht mitgemacht hat.

Spaggiari selbst und seine Mannschaft trinken Champagner, zählen die Goldbarren und das Geld und kosten den Triumph voll aus.

Und die Dorfgendarmen Dufour und Gruau, die einzigen, die Spaggiari zu Fall bringen könnten, stecken mit ihrem schmalen, blauen Auto in einem Verkehrsstau, und der Schweiß läuft in Strömen an ihnen herunter.

VII.
DIE ERSTEN HEISSEN SPUREN

„Er war so ein liebes Kind.“

Spaggiaris Mutter

Die Ermittlungen der Polizei ziehen sich mühselig in die Länge. Albert Mouray ist das egal. Der Chef der Nizzaer Polizei ist nicht unglücklich darüber, daß er und seine Leute von einer Informationslawine begraben werden, und Dutzende von Hinweisen vor ihnen liegen. Er ist eher ein kompetenter Organisator als ein brillanter Detektiv. Er tut alles mit Routine, und die, die ihm übel wollen, behaupten, es sei typisch, daß er in den Ferien war, als der Jahrhundert-Coup in seiner Stadt stieg.

Sein Stellvertreter, Claude Besson, ist dagegen ein Topdetektiv. Er, der Spezialist für Steuerhinterziehungen, regelt Fälle mit seiner Spürnase. Aus einem Wust von Informationen weiß er immer das Wichtigste herauszufinden, er kann die Spreu vom Weizen trennen. An Hilfskräften fehlt es ihnen nicht.

Für die mühevolle Kleinarbeit, ohne die keine Untersuchung läuft, stehen ihnen zwei jüngere Männer zur Verfügung. Beides hochqualifizierte Kripobeamte, die jedoch völlig verschiedene Charaktere haben. Kommissar Eduard Taligault ist sehr intelligent, aber auch sehr eitel. Er liegt mit Vorliebe am ›Ruhl Plage‹ und pflegt sorgfältig seine Sonnenbräune. Er stammt aus Nizzas oberer Mittelklasse und kann seine Arroganz nicht verbergen. Er ist sportlich und schnell von Begriff.

Kommissar Jacques Tholance ist das genaue Gegenteil. Als der stumpenrauchende US-Kommissar ›Colombo‹ in der Gestalt von Peter Falk im französischen Fernsehen läuft, sagen seine Kollegen einstimmig: »Voilà, Jacques!« Er ist klein, dünn und schmuddelig und trägt einen alten Regenmantel. Seine Abende und Nächte verbringt er in zwielichtigen Bars der Altstadt. Hier schnappt er seine Informationen auf. Er ist ein großer Charmeur, hat einen tollen Schlag bei Frauen und einen guten Stand bei der Presse, mit der er ausgezeichnet zusammenarbeitet. Auch die

Unterwelt nimmt ihn nicht nur für voll, sondern respektiert ihn sogar.

Zuerst nehmen sie Monsieur V. aufs Korn. Den Besitzer der Speditionsfirma mit der eifersüchtigen Frau. Die Gendarmen haben Meldung gemacht, und es ist die heißeste Spur, die die Kriminalpolizei bis jetzt hat. Monsieur V. scheint der Dreh- und Angelpunkt der geheimnisvollen Villa in Castagniers zu sein.

Die Villa ist der ideale Ort für das Hauptquartier einer Gang. Sie liegt auf dem Land, nicht zu weit von Nizza entfernt, nahe dem Flughafen und der Autobahn nach Lyon. Das Haus kann von verschiedenen Schnellstraßen, aber auch Landstraßen, aus erreicht werden, so daß ein häufiges Kommen und Gehen unbemerkt bleiben kann.

Die Kontaktpersonen aus der Unterwelt geben Jacques Tholance außerdem den eindeutigen Hinweis, daß Monsieur V. bis zum Hals in dem Superding mit drin steckt. Er hat nicht nur das Haus zur Verfügung gestellt, nein, er hat auch mit am Tunnel gebaut. Er braucht das Geld nicht, aber er hat es aus Spaß an der Sache gemacht. Er ist ein Abenteurer. Er hat im Tunnel mitgegraben, mitgelitten, sich Blasen an den Händen geholt und die Schließfächer wie ein Profi aufgestemmt.

Doch solche Art von Gerüchten gibt es zu Hunderten. Es heißt, der Bankraub des Jahrhunderts sei von Linken gedreht worden, der Terrorist Carlos hätte die Hände im Spiel gehabt, es ist die Rede von der Roten Brigade, von Faschisten und auch von der OAS. Natürlich erscheint auch eine Reihe von Leuten, die ihre Mitbürger und deren ›seltsames‹ Verhalten anzeigen. In erster Linie sind die Informanten ältere Leute, die junge Langhaarige wegen ihres verdächtigen Benehmens denunzieren. Die Rentner von Nizza mögen nun einmal Hippies nicht. Diese Blue-Jeansträger, die im Freien übernachten. Doch das einzige, was man diesen Jugendlichen vorwerfen kann, ist der Verkauf und Konsum von Marihuana.

Am 27. Juli, um zehn Uhr morgens - eine Woche nach dem Bankraub - setzt Richter Richard Bouazis seine Unterschrift unter den Untersuchungsbefehl der Villa in Castagniers.

Eduard Taligault nimmt im Büro auf der Promenade Corniglion-Molinier das Amtspapier in Empfang. Er fährt mit seinem schwarzen Peugeot 204 direkt zur Villa. Dort erwarten ihn bereits die Gendarmen von Plan-du-Var, die Spurensicherung von Nizza und Monsieur V., der noch immer den Schlüssel hat.

Das Haus ist verdreckt. Die Polstermöbel sind voller Flecken, und der italienische Steinfußboden ist bedeckt von schwarzen Fußspuren. Die Aschenbecher quellen über von Zigaretten- und Zigarren-Stummeln. Die Luft ist rauchgeschwängert.

Taligault stellt fest, daß kein Lippenstift an den Kippen ist. Seine Leute von der Spurensicherung müssen den Tabak analysieren lassen.

In der Küche findet er eine hableere Flasche Weißwein, Marke ›Margnat-Village‹. Eine halbe Kiste desselben Weines finden sie in der Garage. Dort finden sie auch ein schweres Heizgerät, wie man es zum Austrocknen von überfluteten Räumen benutzt. Der Fuß des Geräts ist mit angetrockenetem Schlamm bedeckt.

Monsieur V. geht durchs Haus und überprüft Schlösser und Riegel an Türen und Fenstern. Einer der Kripoleute scherzt: »Haben Sie Angst, daß jemand etwas geklaut hat?« Niemand kann darüber lachen.

Auf der Rückfahrt sagt einer: »Also, wenn da irgendein Weib gewesen wäre, dann hat sie entweder nicht geraucht oder keinen Lippenstift verwendet. Das ist doch schon eine Spur.«

Er ist zu pessimistisch.

Der Wein ist derselbe, den man im Tresorraum gefunden hat. Die Zigarrenstumpen enthalten Havanna-Tabak, vermutlich Marke Don Miguel. Wiederum dieselbe, die sie im Tresorraum gefunden haben.

Und das Allerwichtigste: Der Schlamm an dem Heizgerät stammt aus den Abwässerkanälen in Nizza.

Taligault hat das Hauptquartier der Gang gefunden.

Das Verhör von Monsieur V. ist kurz und fruchtlos.

»Wer hat sich den Schlüssel von Ihnen geliehen?«

»Dominique Poggi.«
»Warum wollte er ihn haben?«
»Er wollte eine Party geben.«
»Haben Sie das geglaubt?«
»Warum sollte ich nicht?«
»Warum haben Sie den Hausbesitzer nicht verständigt?«
»Es lag kein Grund vor. Ich passe auf die Villa auf, und dafür darf ich sie auch benutzen. Ich brauche nicht jedesmal um Erlaubnis bitten.«
»Aber, Sie selbst haben Sie ja gar nicht benützt - Sie haben den Schlüssel jemand anderem gegeben.«
Monsieur V. hebt die Schultern.
»Was haben Sie mit Ihrer Hand gemacht?«
»Ein Reitunfall.«
»Wer hat sie bandagiert?«
»Ich war in einer Klinik in Marseille.«
»Warum so weit weg? Sollte es niemand wissen?«
»Ich bin in der Camargue geritten. Auf dem Rückweg habe ich mir die Hand dann verbinden lassen.«
»Fanden Sie es nicht verdächtig, daß eine Gruppe von Männern ohne jede Frau eine Party feiert?«
Achselzucken.
»Überlassen Sie normalerweise Häuser wildfremden Personen?«
»Sie sahen ehrlich aus.«
»Würden Sie sich selbst für naiv halten?«
»Ich glaube schon.«
Polizeichef Albert Mouray entschließt sich, im Fall der ›Kanalratten‹ ein großes Netz auszuwerfen. Er will eine große Anzahl von Verdächtigen auf ihr Alibi überprüfen, und auch die, die den echten Beteiligten nahegestanden haben, um möglichst viel Beweismaterial zu bekommen. Alle wird er zur gleichen Zeit ausheben, und dann die Schuldigen rauspicken.

Ausgangspunkt ist der Hinweis der Gendarmen. Sie liefern ihm zwölf Namen: Dominique, Poggi, Daniel Michelucci, Christian Duche, ›Alain Pons‹ (ein falscher Name), Monsieur und Madame V., ihr Sohn Raymond, der Bistrobesitzer, der Vertreter für Musikinstrumente, dem der graumettalicfarbene Peugeot gehört, die Besitzer des Mercedes, des Renault 17 und des Renault 5, der von den Villennachbarn beobachtet wurde.

Alle werden sie ausfindig gemacht und Tag und Nacht überwacht. Alle Personen, die sie treffen, werden überprüft, und besonders die, die ihnen nahestehen oder ein Strafregister haben, werden genauestens beobachtet. Die Liste der Namen wird immer länger.

Lea trägt hochhackige Stiefel, knackige Hot-Pants und eine Weste, aus der ihre schweren Brüste hervorquellen. Sie ist stark geschminkt, und ihr Atem verrät ein paar doppelte Whiskys. Sie geht langsam auf ihrem gewohnten Strich auf der Promenade des Anglais. Fröhlich läßt sie ihre Handtasche schwingen.

Lea ist ein Freudenmädchen.

Es ist elf Uhr an diesem warmen Sommerabend, und die Promenade ist noch stark bevölkert. Lea ist jedoch nicht zum Arbeiten aufgelegt. Zu gut sind die Neuigkeiten, die sie unbedingt einer ihrer Kolleginnen mitteilen muß.

Sie entschließt sich zu einer neuerlichen Pause und kehrt in eine Bar in der Rue Maccarani ein. Sie bestellt einen weiteren doppelten Whisky. Das Barpublikum ist gemischt: Studenten, Musiker, Anwälte, Huren und kleine Ganoven. Auch Odile ist da: die ideale Zuhörerin. Lea gibt einen aus.

»Du wirst es nicht für möglich halten: Mein Kerl hat ein Appartement in Marine-des-Anges gemietet. Absoluter Luxus, vornehm, teuer und unglaublich schön.«

Odile weiß nicht, ob sie das glauben soll. Immerhin ist das eine verdammt teure Gegend. Araber oder andere Reiche wohnen dort. Sie kann sich schlecht vorstellen, wie Lea und ihr Freier dort, zwischen Cadillacs, Nerzstolen und Picasso-Lithographien, leben sollen.

»Es ist wahr!« insistiert Lea. »Wir haben Aircondition, tolle Möbel und wertvolle Teppiche...« Sie nennt Odile den Namen des

Maklers, mit dem ihr Freund verhandelt, die genaue Adresse der Wohnung, den Preis - eben alle Details.

Dann sagt sie: »Ich kann dir doch vertrauen, daß du es niemandem weitererzählst? Mein Kerl hat ein Riesending gedreht. Er sagt, ich muß nicht mehr auf den Strich gehen. Aber erzähl es keiner Menschenseele, hörst du!«

Bevor die Nacht vorbei ist, weiß die Hälfte der Huren auf der Promenade von Leas Glück.

Zwei Tage später wird Leas Zuhälter, Francis Pellegrin, von der Polizei beschattet.

Die Sekretärin Mireille spannt den üblichen Formvertrag für eine Wohnungsvermietung in ihre Olivetti und tippt den Namen des Kunden: Pellegrin, Francis. Er hat ein wunderschönes Appartement in Juan-les-Pins gemietet. Marmorfußboden, viel Glas- und Holzdekoration mit Blick aufs Meer. Miete: 1800 Francs pro Monat, Nebenkosten extra.

Er schaut nicht aus wie ein reicher Mann, doch hat er das Appartement nur kurz besichtigt und den Vertrag unterschrieben, ohne überhaupt nur nach der Höhe der Nebenkosten zu fragen. Solche Kunden hat man gern.

Er zahlt drei Monate Miete im voraus, alles in Fünfzig- und Hundert-Francs-Scheinen, und verläßt dann eilig das Maklerbüro.

Mireille ist keineswegs erstaunt, als kurze Zeit später die Polizei erscheint und den Vertrag sehen will.

Pellegrin mußte so schnell fort, weil er einen Termin beim Zahnarzt in Cannes hatte. Er läßt sich Jacketkronen auf seine zerklüfteten Raucherzähne setzen, um wie ein Hollywood-Star auszusehen. Kurze Zeit später fragt die Polizei den Dentisten nach den Kosten. Fast fünftausend Francs hat Francis Pellegrin in kleinen Scheinen bezahlt.

Kurz nach Mitternacht macht Michèle Seaglie ihr Bett. Sie schüttelt in dem kleinen Hotel, in der Rue de Pournet, in Toulon, das Kopfkissen auf und zieht die Patchworkdecke glatt. Sie trägt Wildlederschuhe und einen scharfen Slip. So bekleidet setzt sie sich vor den Spiegel und widmet sich ausführlich ihrem Make-up.

Sie ist schön, elegant und diskret. Ihre Telefonnummer wird unter Kennern weitergereicht - bei Geschäftsessen, zwischen Käse und Fruchtkorb. Sie weiß, wie man sich in besserer Gesellschaft benimmt, wann man sprechen darf und wann man den Mund zu halten hat. Jedermann kann sich mit ihr in der Öffentlichkeit zeigen, ohne sich schämen zu müssen. Sie hat ein Appartement in Marseille und eine Villa in Bandol. Sie ist absolut Spitze.

Michèle ist ein Callgirl.

Sie zieht eine durchsichtige, weiße Bluse und einen farbigen Zigeunerrock an, sie bindet ihr Haar zurück. Dann verläßt sie den Raum, nicht ohne noch einmal nachzusehen, ob sie auch alles ordentlich hinterlassen hat.

Sie geht die ausgetretenen Stufen hinunter auf die Straße. Dorthin, wo sie einmal ihre Karriere begonnen hat. Sie lächelt Isis und Marlène zu, zwei Anfängerinnen ihrer Zunft. Isis, eine Asiatin, fragt: »Kommst du mit uns?«

»Aber nicht doch«, lächelt Michèle. Sie geht davon. Sie bemerkt den alten Renault 12 nicht, der ihr langsam folgt. Im Inneren sitzen die Chefinspektoren Thomasset und Spyron. Spyron, den sie den Griechen nennen, zündet sich eine Gaulloise an und sagt: »Dieser Daniel Michelucci hat einen verdammt guten Geschmack.« Das stellt er nicht zum erstenmal fest. Seit sieben Tagen und Nächten folgen sie Michèle auf Schritt und Tritt.

Sie sehen, wie sie in ihren Renault 5 steigt und den Sicherheitsgurt anlegt. Sie folgen dem Auto über den Boulevard de Strasbourg. Einmal fahren sie so dicht auf, daß sie die Musik aus Michèles Cassettenrekorder hören: Fats Domino singt ›Blue Berry Hill‹. Als sie auf die Autobahn fährt, tritt sie kräftig aufs Gaspedal und läßt die Kripoleute in ihrem alten, klapprigen Renault hinter sich.

Frustriert fährt Thomasset ins Zentrum von Toulon zurück. »Wir sollen morgen früh unseren neuen Simca 1501 kriegen. Dann werden wir sehen, wer hier wen stehen läßt.«

Albert Spaggiari hat bereits lange vor dem Bankraub den Verkauf der Goldbarren aus dem Tresorraum organisiert. Sie werden für dreißig Prozent unter dem Marktpreis gedealt, ein sehr vernünftiger Preis für gestohlenes Gold. Alain Bournat hält das nicht für ein gutes Geschäft. Aber Alain Bournat ist alles andere als ein kluger Mann.

Er besteht darauf, seinen Goldanteil selber zu verkaufen. Gold ist die sicherste Anlage, die es gibt. Das hat man ihm erzählt. Es ist ein Fehler, daß Spaggiari nachgibt und ihn die Sache in die Hand nehmen läßt.

Zuerst versucht Bournat, das Gold einem Mann namens Tschoa zu verkaufen. Tschoa hat eine Bar am Hafen von Nizza. Tagsüber verkauft er Sandwiches und Kaffee an die Arbeiter des Viertels. Aber nachts, wenn die Vorhänge zugezogen sind, gibt's hier Champagner und Chivas Regal. Einige sehr bekannte Gäste spielen dann hier Poker und Babutto mit ungewöhnlich hohen Einsätzen.

Tschoa spielt nicht. Er vertreibt sich die Zeit lieber beim Boulespiel. Am Abend des 9. August 1976 schaut er einer Boulepartie auf der Place Arson zu und schlendert dann zu seiner Bar zurück.

Er ist so um die Fünfzig, hat welliges schwarzes Haar, sieht gut aus und ist braungebrannt. Er trägt ein weißes Baumwollhemd, Seemannshosen und weiße Mokkassins. Auf seinen Mercedes 350 ist er besonders stolz. Er hat ein Strafregister, das sich sehen lassen kann. Doch in den letzten Jahren ist er straffrei geblieben. Die Polizei ist sich nicht sicher, ob er sich gebessert hat oder nur cleverer geworden ist.

Er betritt die Bar, begrüßt die Gäste und geht durch die gegenüberliegende Tür, auf der mit roten Buchstaben ›Privé‹ geschrieben steht.

Bournat wartet in seinem Büro. Das Rendezvous mit Tschoa ist von einem Boule-spielenden Freund vermittelt worden. Der Barbesitzer ist dennoch mißtrauisch. Er setzt sich und dreht eine Zigarette in die goldene Zigarettenspitze.

»Was kann ich für Sie tun?«

»Ich will Gold verkaufen.«

»Münzen oder Schmuck?«

»Keines von beiden«, sagt Bournat. »Sehen Sie sich das mal an.« Er holt einen Goldbaren hervor und reicht ihn über den Tisch.

Tschoa rührt ihn nicht an. »Wie viele?« fragt er.

»Vielleicht eine ganze Menge.«

»Was verlangen Sie dafür?«

»Siebzehntausend Francs pro Barren.«

»Sie Vollidiot«, entrüstet sich Tschoa. »Der offizielle Preis liegt bei achtzehntausendzweihundertsechsundfünfzig Francs. Wofür halten Sie mich?«

»Regen Sie sich nicht auf - ich bin nur ein Mittelsmann. Ich werde der Gegenseite berichten, wie Sie reagiert haben.«

»Sagen Sie Ihrem Boß, er soll hingehen, wo der Pfeffer wächst«, sagt Tschoa wütend. Er steht auf und schiebt seinen Stuhl zurück. »Ich weiß genau, woher das Gold kommt. Und jeder in Nizza weiß es. Ich würde es zu gar keinem Preis haben wollen. Sie sind ein derartiges Klatschmaul, daß Sie gleich im ›Nice Matin‹ eine Anzeige aufgeben können. Hauen Sie ab, und kommen Sie bloß nicht wieder.«

Bournat hat einen alten Freund namens Alfred Aimar, der allgemein unter dem Namen ›Fred, der Juwelier‹ bekannt ist. Er ist Anfang Sechzig und hat sich vor fünfzehn Jahren aus dem ›Milieu‹ zurückgezogen. Aber er besitzt noch seine alten Verbindungen. Er stellt Bournat einem Mann vor, der dringend Bargeld braucht.

Adrien Zeppi ist kein Schlitzohr. Er hat ein kleines Lederwarengeschäft, und die Zeiten sind hart. Er ist mit einer jüngeren Frau wiederverheiratet, und sie haben ein Baby. Der vierundfünfzig Jahre alte Zeppi ist ein angesehener Bürger in der Gegend des Plateau Flori. Aber er hat nichts gegen den Umgang mit Leuten wie ›Fred, dem Juwelier‹. Fred hält ihn für einen Trottel.

Fred und Bournat treffen sich in einer Bar in Mougins und sprechen über den Goldhandel. »Wir haben einige Goldbarren - all unsere Ersparnisse -, die wir zu Geld machen wollen. Aber wir haben keine Bankkonten, und wenn wir das Gold verkaufen wollen, mit unseren Strafregistern, dann wird das in jedem Fall großen Ärger geben. Du weißt, wie das ist. Aber du könntest uns einen großen Gefallen tun, wenn du es für uns verkaufst. Du hast einen guten Ruf, und dich werden sie nicht fragen. Wir zahlen dir pro Barren eintausend Francs.«

Zeppi zögert nicht eine Minute. Das Geld ist ein Geschenk des Himmels. Am nächsten Tag fährt er zu seiner Hausbank, der ›Crédit Agricole‹ auf der Route Nationale 85, zwischen Nizza und Grasse. Er reicht einige Schecks ein und fragt dann beiläufig den Schalterbeamten: »Ich will etwas Gold verkaufen - ich glaube, ich kann mein Geld anderweitig besser investieren. Können Sie mir dabei behilflich sein?«

»Natürlich, Monsieur Zeppi. Sollen wir das Geld Ihrem Konto gutschreiben?«

Zeppi zögert. »Nein, eigentlich hätte ich es lieber bar... Sie verstehen.«

»Selbstverständlich, Monsieur. Wie viele Barren wollen Sie verkaufen?«

»Neun.«

»Kein Problem. Sie können sie bringen, wann immer Sie wollen.«

Zwei Tage später erscheint Zeppi mit neun Kilo Gold und verläßt die Bank mit über einhundertsechzigtausend Francs in bar.

Er trifft Bournat und Fred, übergibt ihnen das Geld und behält selbst neuntausend Francs für die Vermittlung.

Bournat ist hoch erfreut. Er hat fast genau den vollen Marktpreis für das Gold erhalten. Alle anderen haben dreißig Prozent verloren.

Und Adrien Zeppi hat das Risiko übernommen. Er hält sich für unglaublich clever. Allein - jeder Goldbarren ist numeriert. Und jede Transaktion wird registriert. Seit dem Bankraub hat jede Bank in Frankreich eine genaue Aufstellung mit den Nummern der gestohlenen Goldbarren aus der ›Societé Générale‹. Der Beamte in der ›Crédit Agricole‹ vergleicht die Nummern der Liste und ruft die Kripo in Nizza an. Von da an wird Zeppi überwacht, und die Beamten stoßen automatisch auf ›Fred, den Juwelier‹ und

Alain Bournat.

Marie Françoise Astolfi ist zwar eine wesentlich ehrbarere Frau in dieser Geschichte als all die anderen, aber sie ist keineswegs diskreter als Lea oder Odile. Marie ist für die Schulspeisung in Marseille verantwortlich.

Am Samstag, den 9. Oktober 1976, packt sie in ihrem Appartement in der Rue Charasse einen Koffer fürs Wochenende: einen Pyjama, eine Zahnbürste, einen Hosenanzug. Sie ist sechsundzwanzig Jahre alt, stammt aus gutem Haus und ist aufs Gymnasium gegangen. Am Anfang wollte sie Lehrerin werden, doch dann ist sie auf andere Gedanken gekommen.

Seit dem letzten Sommer ist sie in einen großen Blonden mit schwarzen Schuhen verliebt, der Henri Michelucci heißt. Zwei Tage vorher hat er sie gefragt, ob sie seinem Bruder Daniel einen Gefallen tun wolle. Daniel will einen kurzen Trip nach Brüssel machen und braucht einen Beifahrer, Der kurze Trip ist hin und zurück länger als fünfzehnhundert Kilometer, aber er will ihn an einem verlängerten Wochenende machen.

Marie weiß, daß Henri und sein Bruder es mit dem Gesetz nicht so genau nehmen. So fragt sie interessiert. »Ist die Fahrt mit Daniel nicht ganz astrein?«

»Sie ist nicht ganz astrein«, erwidert Henri.

Aber sie mag Daniel, der genauso aussieht wie sein Bruder. Und sie liebt schnelle Autos. Sie sagt zu. Sie trifft Daniel um ein Uhr mittags in der Nähe vom Prado. Sie hat genau die Anweisungen befolgt, die er ihr gegeben hat. Einen Renault 20 von Europcar hat sie gemietet, und nun fährt sie langsam aus der Stadt, während er ›Le Soir‹ liest. Nach einer Weile befiehlt er ihr, anzuhalten, und er klemmt den Kilometerzähler ab, um Geld zu sparen. Als sie weiterfahren, sagt er: »Paß auf, daß du nicht zu schnell fährst. Ich will nicht von der Polizei gestoppt werden.«

Kurz vor fünf Uhr unterbrechen sie die Fahrt in Villefrance-sur-Saône. Daniel sagt: »Ich muß einige Leute in Valence treffen. Es ist wohl besser, wenn du mich morgen dort ablädst und alleine nach Brüssel fährst. Zimmer sind im ›Président‹ reserviert. Ich komme dann später nach.«

»Mir soll's recht sein«, sagt sie achselzuckend.

Sie übernachten in einem Hotel in Paris - schlafen aber in getrennten Zimmern. Marie fragt ihn: »Soll ich dich in Valence absetzen?«

Daniel überlegt eine Zeitlang und meint dann: »Nein, ich werde das auf dem Rückweg erledigen.« Dann befiehlt er ihr, den Wagen anzuhalten und holt eine Straßenkarte aus seinem Aktenkoffer.

Er dirigiert sie von der Autobahn auf Landstraßen um, Zweimal verfahren sie sich. Schließlich überqueren sie die Grenze in Ermitage, einer kleinen Station. Fünfundvierzig Minuten später sind sie bereits in Brüssel.

Marie fragt Daniel nicht, warum er Angst hatte, eine der Hauptgrenzkontrollen zu passieren.

Als erstes fährt sie ihn am nächsten Morgen zur ›Banque Lambert‹, nahe dem Hauptbahnhof. Er geht mit seinem Aktenkoffer hinein. Als er ein paar Minuten später herauskommt, scheint der Aktenkoffer jedoch um einiges leichter zu sein.

Während des Mittagessens ist er ausgesprochen fröhlich. Zum Dessert spendiert er Champagner. Daniel lehnt sich über den Tisch und sagt mit leiser Stimme. »Weißt du, was in meinem Aktenkoffer war? Gold - von der ›Societé Générale‹ in Nizza. Natürlich längst nicht alles, es hätte gar nicht in das Schließfach gepaßt.«

Marie kann in dieser Nacht nicht schlafen. Sie hat nicht geahnt, daß die Michelucci-Brüder zu den ganz großen Gangstern gehören. Sie sitzt allein und weltverloren in ihrem Hotelzimmer und schreibt ihre Eindrücke und Zweifel in ihr Tagebuch.

Am nächsten Tag verläßt sie früh am Morgen das Hotel und hinterläßt Daniel eine simple Nachricht: »Ciao.« Sie fährt sehr schnell. Sie macht in Lyon Rast und dann noch mal kurz vor Marseille, wo sie den Kilometerzähler wieder anschließt.

Europcar kassiert schließlich nur den Betrag für zweihundertfünfzig Kilometer statt tausendfünfhundert Kilometer.

Und Marie Françoise Astolfi läßt ihr Tagebuch in dem Leihwagen liegen.

Maries Name ist einer der letzten auf der langen Liste von Albert Mouray. Er will schon lange vor Oktober zuschlagen. Bereits am Freitag, den 13. August, ist er der Meinung, das Netz weit genug gespannt zu haben, um am nächsten Morgen loszulegen. Aber an diesem Wochenende passiert etwas, das ihm alle Nachforschungen durcheinanderwirbelt, und er den Eindruck bekommt, auf einer völlig falschen Spur zu sein.

VIII.
SPAGGIARI UND DIE CIA

„Die Kanalratten schlagen in Paris zu!“

Schlagzeile im >Nice-Matin< am 18. August 1976

Am Wochenende des 14./15. August wird eine Filiale der ›Societé Générale‹ auf der Ile Saint-Louis in Paris ausgeraubt. Der Einbruch ist eine haargenaue Kopie des Superdings von Nizza.

Die Bande ist durch die unterirdischen Kanäle gekommen. Sie haben einen drei Meter langen Tunnel bis zur Tresorwand ausgeschachtet und dann ein Loch in die stahlbetonierte Wand gebohrt. Um den Tunnel mit Frischluft zu versorgen, haben sie das gleiche Abzugsystem wie in Nizza benutzt. Allerdings haben sie zum Öffnen der Schließfächer und für den Panzerraum einen Laserstrahl verwendet. Sie knacken hundertdreißig der hunderteindneunzig Schließfächer. Jedoch ist in diesem Tresorraum ein Alarmsystem, das auch ausgelöst wird. Die beiden Sicherheitsbeamten eilen herbei um nachzusehen, was passiert ist. Da sie nichts Außergewöhnliches feststellen können, glauben sie, daß das Alarmsystem versehentlich ausgelöst worden ist, und unternehmen nichts.

Ironie des Schicksals ist, daß die Versicherung nach dem Superding in Nizza mit der ›Societé Générale‹ einen neuen, besseren Vertrag ausgehandelt hat, der jedoch erst am 28. August in Kraft tritt.

Zwei Kriminalbeamte aus Nizza werden nach Paris geschickt, um die Polizei bei den Untersuchungen zu unterstützen. In der Seine-Metropole ist man davon überzeugt, daß ein und dieselbe Gang beide Bankeinbrüche durchgeführt hat. Man verlangt von Albert Mouray, keine Verhaftungen vorzunehmen, solange die Untersuchung andauert.

Allerdings wird die Theorie immer unwahrscheinlicher, daß eine einzige Bande beide Dinger gedreht hat, je länger die Untersuchung andauert.

Die Pariser Bankräuber sind nachlässiger gewesen. Einige der

Beteiligten sind der Kripo angeblich bekannt, und Zeugen wollen sie in der näheren Umgebung der Bank gesehen haben. Sie werden aus der Pariser Verbrecherkartei herausgefischt. Die Kanalratten in Nizza haben im Gegensatz zu ihren Kollegen in Paris nichts hinterlassen, was auf ihre Spur führt.

Das Werkzeug in Nizza stammt in erster Linie aus verschiedenen Kaufhäusern, wie Hammer und Meißel. Doch in Paris ist ein Laserstrahl verwendet worden (in diesem Stadium weiß die Polizei noch nicht, daß auch Spaggiari einen Laserstrahl gekauft hat, ihn jedoch nicht benutzte).

Und dann ist da noch ein psychologisches Moment. Das Superding in Nizza hat den Beteiligten rund hundert Millionen Francs gebracht. Warum sollen sie Kopf und Kragen riskieren, um in Paris noch einmal die Kleinigkeit von zwanzig Millionen Francs zu holen? Es gibt eine Reihe von Argumenten dafür, daß nicht die gleichen Männer hinter den Verbrechen stecken. Auch schon deswegen kann es nicht die gleiche Mannschaft gewesen sein, weil sie innerhalb von vier Wochen nach Nizza das Ding in Paris nicht sorgfältig hätten vorbereiten können.

Albert Mauray wird nervös und nervöser. Mit jedem Tag wird die Gefahr größer, daß einer der Leute, die er überwachen läßt - mittlerweile sind es mehr als vierzig Personen - merkt, wie der Hase läuft, und unter den ›Kanalratten‹ Alarm schlägt. Die werden dann aus ihren Löchern kommen und verschwinden.

Endlich verhaftet die Pariser Polizei den Garagenbesitzer Raimond Brisacier, der versucht, einen der Goldbarren der Beute von der Ile Saint-Louis zu verkaufen. Die Verdächtigen an der Côte d'Azur werden genau beobachtet, ob sie darauf reagieren. Nichts dergleichen geschieht. Deshalb ist man nun sicher, daß es sich um zwei Banden handelt.

Paris gibt grünes Licht, und Mouray setzt ein neues Datum fest: den 26. Oktober 1976.

In diesen zwei Monaten hat Spaggiari genügend Zeit gehabt, um in die ganze Welt reisen zu können.

Er fliegt nach Guatemala in Südamerika. Dann reist er in die

USA. Er sucht nach einem Hotel oder Restaurant, das er kaufen will. Während seines Aufenthaltes kontaktiert er die CIA, den amerikanischen Bundesnachrichtendienst.

Das klingt seltsam für Europäer, da man auf unserem Kontinent nicht so ohne weiteres mit einem Sicherheitsbüro Kontakt bekommt. Nur wenige wissen, wo man in Deutschland beispielsweise mit dem Bundesnachrichtendienst oder seinen wichtigen Leuten zusammentreffen kann. In Amerika ist das anders. Man kann die CIA anrufen, wie hierzulande die Telefonauskunft. Da hört man dann: ›Hier die CIA. Was können wir für Sie tun?‹

Spaggiari bietet der CIA seine Hilfe an. »Mit meiner Organisation kann ich für Sie jedes Ding drehen«, rühmt er sich. »Egal was, egal wo, egal wie. Ich kann jeden Safe knacken und in jeder Botschaft einbrechen...«

Amerikas Agenten sind in dieser Zeit ein nervöser Haufen. Während des Watergate-Skandals haben sie eine sehr schlechte Presse gehabt. Sie fragen Albert, ob er einen Beweis habe, daß er nicht nur ein Spinner sei.

»Was ist, wenn ich Ihnen sage, daß ich den Bankraub des Jahrhunderts organisiert habe. Das Superding in der ›Societé Générale‹ in Nizza habe ich gedreht. Genügt Ihnen das?«

Die CIA ist - wie auch andere Geheimdienste - in der Wahl ihrer Informanten, Mittel oder Mitarbeiter nicht gerade zimperlich. Aber auch sie mißtraut Albert Spaggiari. Genauso wie die Gang von Marseille, das Commando Delta der OAS oder Pierre Lagaillarde - sie trauen Spaggiari nicht. Es ist die immer wiederkehrende Tragödie in seinem Leben.

Um etwas für die amerikanisch-französische Freundschaft zu tun, schickt Interpol einen Bericht über das Treffen Mitte September routinemäßig an die Kripo nach Nizza.

Allein - die unternimmt nichts.

Und das ist das zweite Rätsel um die Beamten, die diesen Fall behandeln.

Später kommentiert ein offizieller Sprecher: »Wir hatten keine

Beweise. In jedem Fall wurden wir von Informationen überschwemmt, und fast alle waren falsch.«

Diese Ausrede ist lächerlich. Spaggiari hat zwei Gefängnisstrafen abgesessen und sich mehrerer Verbrechen verdächtig gemacht. Die Polizei hat ein Geständnis vorliegen, das unter Zeugen abgegeben worden ist. Dennoch nimmt man Spaggiari nicht hoch, verhört ihn nicht einmal oder überprüft ein etwaiges Alibi. Er steht nicht einmal auf der Liste der Verdächtigen, die überwacht werden. Und er wird auch nicht, wie alle anderen, am 26. Oktober verhaftet. Was Spaggiari betrifft, so scheinen die Kripoleute die Rolle der drei berühmten Affen übernommen zu haben: Blind, taub und stumm zu sein. Nichts Böses sehen, nichts Böses hören und nichts Böses sagen zu wollen.

Nein - denn in dieser Zeit geht Albert Spaggiari mit seiner Frau Audi auf Reisen. Mit dem Bürgermeister von Nizza fliegen sie nach Japan.

Der graumelierte Frauenliebling Jacques Médecin ist nicht nur Bürgermeister der Stadt, sondern auch Tourismusminister in der Regierung Giscard d'Estaing's und zugleich sein guter Freund und Vertrauter.

Unter Médecin's Schirmherrschaft organisieren die Städte Nizza, Cannes und der Zwergstaat Monaco gemeinsam ein Kulturaustauschprogramm, um in Japan für die Côte d'Azur als Reiseland Werbung zu machen. Mit auf die Reise nehmen sie einige Kunstschätze der örtlichen Museen: Malereien von Chagall, Matisse, Léger und Fragonard; Skulpturen von Giacometti; Gläser von Biot; die typischen Produkte der Gegend, wie Wein und Olivenöl. Dazu gesellt sich eine Gruppe hübscher Mannequins, die die französische Haute Couture vorführen.

Eine Boing 707 wird gechartert, die jedoch größer ist als benötigt. Freie Plätze werden für nur siebentausend Francs pro Person für Hin- und Rückflug verkauft. Spaggiari erwirbt zwei Tickets.

Es fällt Jacques Médecin einige Wochen später nicht leicht, die Öffentlichkeit davon zu überzeugen, daß die Spaggiaris nur als Privatpersonen an der Reise teilgenommen haben und nicht zum offiziellen Komitee gehörten. Er behauptet den Autoren dieses Buches gegenüber, daß er Spaggiari während des Fluges gar nicht bemerkt habe, und daß das Ehepaar weder in demselben Hotel noch auf den offiziellen Empfängen gewesen sei.

In einem Punkt hat er recht: Spaggiari ist nicht der offizielle Fotograf auf dieser Reise. Jacques Médecin fügt jedoch hinzu: »Es liegt in der Natur eines intelligenten Verbrechers, seinen wahren Charakter hinter einer Fassade von Ehrlichkeit zu verstecken.«

Das Flugzeug verläßt Nizza am 6. Oktober und fliegt via Paris und Anchorage nach Tokio. Die offizielle Gruppe wohnt im Hotel ›Imperial‹ und die Spaggiaris im ›Hilton‹. Einer der mitreisenden Journalisten erinnert sich später: »Die Spaggiaris waren wie begeisterte Touristen und benahmen sich wie auf einer Hochzeitsreise. Albert kümmerte sich rührend um Audi, ließ sie nie allein, machte ihr kleine Geschenke. Sie schienen sehr verliebt ineinander zu sein.«

Am 16. Oktober fliegen die Spaggiaris nach Hongkong, wo sie im Hotel ›Mandarin‹ wohnen. Albert läßt sich drei Anzüge machen und schenkt Audi ein Collier aus schwarzen Perlen. Drei Tage später besuchen sie Bangkok und überfliegen das Mekong-Delta. Spaggiari schwelgt in Erinnerungen seiner Vietnamzeit. »Die ganzen vier Jahre Indochina wurden in mir wach«, erzählt er seinen Freunden nach der Rückkehr. »Ich hatte einen Knoten im Hals und Tränen in den Augen.«

Sie sonnen sich am Swimming-Pool des ›Siam Intercontinental Hotel‹, besuchen die Pagoden und bewundern die Buddha-Statuen. Sie klappern die Antiquitätenläden ab, suchen Juwelierläden und Seidenhändler auf.

Am 24. Oktober kehren sie über New Delhi, Teheran und Tel Aviv nach Nizza zurück.

Was steckt hinter der Reise Spaggiaris wirklich? Die japanische Tageszeitung ›Mainichi‹ schreibt, daß er in Tokio Goldbarren und Juwelen verkauft habe und dafür Kunstgegenstände ersteigerte.

Es ist sicher, daß er auf dieser Reise die beste Möglichkeit hatte, die gesamte Beute aus dem Bankraub von Nizza fortzuschaffen. Denn seine Koffer werden gemeinsam mit den Kunstschätzen und dem offiziellen Gepäck des Tourismusministers und seiner Begleitung gesondert abgefertigt. Der französische Zoll behandelt das gesamte Gepäck für den Japanflug so, wie das normalerweise nur bei Diplomaten üblich ist.

Zwei Tage nach Spaggiaris Rückkehr schlagen Albert Mouray und seine Männer zu.

IX.
SPAGGIARI WIRD VERHAFTET

„Bert ist nicht der Typ, der seine Gefühle zeigt."

Audi Spaggiari

Polizeichef Albert Mouray versteht etwas von Razzien. Der große Fang wird am Dienstag, den 26. Oktober 1976, eingeholt. Von fünfhundert Polizisten und Gendarmen zur gleichen Zeit in acht Städten. Um sechs Uhr dreißig morgens sollen vierzig Verdächtige verhaftet werden.

Genaue Anweisungen sind rechtzeitig in Marseille, Antibes, Mougins, Toulon, Nimes, Paris, Ajaccio auf Korsika und natürlich auch in Nizza ergangen. Die Beamten haben die Adresse, den Namen und die genaue Beschreibung jedes Verdächtigen. In den meisten Fällen werden diese ohnehin seit einiger Zeit beschattet. Jede Verhaftung ist durch einen Haftbefehl gedeckt.

Die Aktion war aufgezogen wie ein Weltraumstart auf Cap Kennedy, meint jemand. Zur Mittagszeit liegen die Ergebnisse auf dem Schreibtisch von Albert Mouray. Er fragt sich, was er falsch gemacht hat.

Fünf der vierzig sind durchs Netz geschlüpft. Sie sind nicht dort, wo sie um halb sieben morgens eigentlich sein sollten. Unter den Fünfen ist leider auch der dickste Fisch: Dominique Poggi.

Poggi ist am 16. Februar 1926 in Farinole auf Korsika geboren. Er ist lange Jahre die rechte Hand des berühmt-berüchtigten Barthelemy Guerini - genannt ›Mémé‹ - gewesen. Dem Korsen, der jahrzehntelang die französische Unterwelt kontrollierte. Nur einmal muß er sitzen: 1950 in Straßburg wegen Zuhälterei.

Als Guerinis Reich ins Wanken gerät, geht Poggi nach Antibes und eröffnet dort mit seinem Bruder den ›Club 62‹. Sein Umgang bleibt höchst fragwürdig: 1972 wird der Berufskiller Gavin Coppolani in seiner Diskothek verhaftet.

Coppolani ist einer der gefährlichsten seiner Sorte. Er flieht drei Jahre später aus dem Gefängnis und versucht, denjenigen umzulegen, der ihn verpfiffen hat: Bei der Schießerei wird er verwundet, doch der, der ihn verwundet hat, wird 1976 auf den Stufen von Poggis Nachtklub erschossen liegengelassen.

Der wohlgenährte, gutgekleidete Poggi hat sowohl die Kontakte als auch die Erfahrung zum organisierten Verbrechen. Er könnte ein Unternehmen wie den Bankraub des Jahrhunderts leiten. Er ist der Hauptverdächtige, derjenige, der der Kopf der Gang sein könnte. Aber er ist nicht zu Hause, als ihn die Polizei festnehmen will.

Doch es soll noch schlimmer kommen. Siebenundzwanzig der fünfunddreißig Verhafteten müssen am Abend wieder freigelassen werden.

Es war von Anfang an klar, daß einige der Verdächtigen wieder freigelassen werden müssen. Aber siebenundzwanzig von fünfunddreißig - das ist ein Schlag ins Wasser.

Typisch ist der Fall des Vertreters für Musikinstrumente aus Béziers. Als die Gendarmen von Plan-du-Var zum erstenmal die Villa in Castagniers aufsuchen, notieren sie die Nummer des metallicgrauen Peugeot 504, der in der Garage steht. Er ist wieder verschwunden, als sie die vier wartenden Männer am Abend auf den Stufen des Hauses treffen. Die Gendarmen überprüfen die Autonummer und stoßen auf den Inhaber des Wagens. Der Mann wird am 26. Oktober um sechs Uhr dreißig in Capestang in Südfrankreich verhaftet. Er hat tatsächlich einen Peugeot 504. Doch der ist nicht grau, sondern weiß. Und er kann nachweisen, daß er am 9. Juli 1976 viele Kilometer entfernt von Castagniers gewesen ist. Der Peugeot in der Villa hatte falsche Nummernschilder, und der erschrockene Vertreter für Musikinstrumente ist das unschuldige Opfer einer Verwechslung.

Und die acht Inhaftierten sind letztlich auch kein großer Fang.

Emile Buisson kann ein Alibi für das Wochenende nachweisen, an dem der Bankraub gestiegen ist. Aber vor lauter Aufregung gesteht er den Beamten, daß er seinen Chef um zehntausend Francs betrogen hat.

Ein anderer ist Homer Filippi, der Sohn des Boxpromoters Philippe Filippi, dem ehemaligen Manager von Boxweltmeister

Marcel Cerdan. Homer ist ein kleiner Rauschgifthändler und hat Kontakt zu einem der vier Männer in der Villa von Castagniers. Aber man kann ihm nichts in Sachen Bankraub nachweisen. Er wird angeklagt, weil er eine Pistole, aber keinen Waffenschein hat.

Huguette Cruchendeau ist eine Marseiller Prostituierte, die sich nur mit Geschäftsfreunden der vier Männer aus der Castagniers-Villa eingelassen hat. Dieser Umstand reicht der Polizei bereits aus, um sie festzuhalten.

Henri Michelucci hat sich den Renault 17 geliehen, der in der Villa von Castagniers gesehen wurde. Aber er behauptet, daß sein Bruder Daniel das Auto im Juli gefahren hat, und Daniel ist einer der Fünf, die durch das Netz geschlüpft sind.

Alfred - ›Fred, der Juwelier‹ - Aimar und Adrien Zeppi, der Trottel, der das gestohlene Gold aus der ›Societé Générale‹ verkauft hat, können festgenagelt werden. Sie werden wegen Hehlerei angeklagt.

Albert Mouray zieht die traurige Bilanz, daß er nur zwei der Kanalratten in seinem Riesennetz gefangen hat: Francis Pellegrin und Alain Bournat.

Insgesamt also ein verdammt schlechter Tag.

Die Kripobeamten nehmen in dieser Nacht Pellegrin und Bournat ins Kreuzverhör. Beide sind nicht übermäßig clever, was schon angedeutet wurde. Und das ist der Vorteil der Polizei. Die sitzt den beiden selbstsicher und in Hemdsärmeln in der Avenue Foch gegenüber und behauptet nach der uralten Verhörtaktik: »Wir wissen bereits alles. Warum wollt ihr kein Geständnis machen, um eine Strafmilderung zu bekommen?«

Dann warten sie eine Weile und sagen beiläufig: »All eure Freunde haben bereits ein Geständnis abgelegt und euch stark belastet. Warum wollt ihr jetzt die Dummen sein?«

Unglaublich - aber wahr: Die beiden Männer fallen um.

Wir haben bereits am Anfang dieses Buches erklärt, daß die kleinen Ganoven dafür verantwortlich sind, wenn der große Albert Spaggiari überhaupt Schwierigkeiten bekommt. Genau das passiert.

Pellegrin und Bournat legen beide ein volles Geständnis ab und nennen den Kopf des ganzen Unternehmens: Albert Spaggiari.

Der Name ist Hauptkommissar Claude Besson, Mourays Stellvertreter, wohlbekannt.

Am 31. Juli 1974 um zehn vor elf hat ein gutgekleideter Mann in der ›Banque de Paris et des Pays-Bas‹ in Nizza ein Schließfach gemietet. Ein Schalterbeamter begleitet ihn in den Tresorraum, wo bereits ein anderer Kunde mit einer Waffe wartet. Sie fesseln den Beamten, der in diesem Augenblick der einzige Zeuge der Tat ist, und brechen eines der Schließfächer auf.

Sie wissen genau, welches sie sich ausgesucht haben: Es trägt die Nummer 199. Es enthält die gesamten Goldreserven dieser Zweigstelle.

Die beiden Männer verstauen die fünfundsiebzig Kilogramm Gold, die damals mehr als eine Million Francs wert sind, in zwei Stahlkoffern und verschwinden.

Während der Untersuchung dieses Überfalls stößt Claude Besson auch auf Albert Spaggiari, aber er kann ihm nichts nachweisen.

So scheint es diesmal Besson völlig plausibel, daß Spaggiari der Kopf der ›Kanalratten‹ ist. Er greift zum Telefonhörer.

Es ist Mittwoch, der 27. Oktober 1976 um elf Uhr früh. Eine blonde Frau, so um die Vierzig, betritt das Fotogeschäft ›La Vallière‹ auf der Route de Marseille Nummer 56 in Nizza. Sie fragt nach Monsieur Spaggiari. Der Geschäftsführer, André Devésa, antwortet: »Er ist nicht da. Kann ich Ihnen helfen?«

»Das ist doch sein Laden, oder?«

»Er ist der Besitzer, aber er hat ihn seit sechs Monaten an mich untervermietet.«

»Er wohnt doch aber noch in der Wohnung über dem Laden?«

»Nein, er ist umgezogen.«

»Wissen Sie, wo ich ihn erreichen kann?«

»Im Moment? Nein, aber er kommt regelmäßig hier vorbei. Ich erwarte ihn heute nachmittag. Wollen Sie ihm eine Nachricht hinterlassen?«

»Nein, es ist persönlich. Ist seine Frau noch immer Krankenschwester?«

»Ja, aber auch sie ist nicht da.«

»Vielen Dank für ihre Bemühungen.«

»Nichts zu danken.«

Devésa ahnt nicht, wer diese Frau ist.

Er sieht sie nicht in den blauen Renault einsteigen, der gegenüber dem Fotoladen steht, und in dem drei Polizisten sitzen.

Albert und Audi betreten das Geschäft kurz vor zwölf Uhr. Devésa erzählt von der Besucherin, und Albert meint: »Keine Ahnung, wer das gewesen sein kann.«

Er greift zum Geschäftstelefon und bestellt Hühnerfutter für seine Farm. Dann geht er mit seiner Frau gegenüber in das Lokal ›Roi du Yan‹, das berühmt ist für seine ›Spaghetti à la Maison‹. Beim Café setzt sich Jean Yves Goutron zu ihnen, einer der Kriegskameraden von Albert in Vietnam. Er hat als Erinnerung an den Indochinakrieg ein zerschoßenes Bein zurückbehalten und hinkt deswegen. Spaggiari erzählt ihm von seinem Trip nach Südostasien.

Als Albert gerade von dem bunten Markttreiben in Hongkong schwärmt, unterbricht ihn der Ober: »Monsieur Spaggiari, draußen wartet eine Dame auf sie.«

Albert zieht die Augenbrauen hoch und legt die Zigarre in den Aschenbecher: »Vielleicht ist das die geheimnisvolle Frau von heute morgen. Entschuldigt mich einen Augenblick.«

Er geht hinaus und auf die Frau zu. Da nehmen ihn plötzlich zwei Kripobeamte in die Mitte und führen ihn zu ihrem Wagen. Alles geschieht blitzschnell.

Einer seiner Freunde sieht es und schreit: »Audi, jemand hat Bert entführt!«

Eine völlig erschrockene Audi ruft die Polizei an und berichtet über die Entführung. Da jedoch muß sie erfahren, daß ihr Mann nicht entführt, sondern verhaftet worden ist. Und die Polizei sei ihr außerdem sehr dankbar, wenn sie auch auf dem Kommissariat erscheine, um einige Fragen zu beantworten.

Das Verhör von Albert Spaggiari beginnt am 27. Oktober um halb drei.

Dies ist der erstaunlichste Teil der Geschichte vom Jahrhundertbankraub, und er bildet das verblüffendste Rätsel, das diesen Fall umgibt.

Eine Razzia, an der fünfhundert Polizisten beteiligt sind, bei der in acht Städten fünfunddreißig Verhaftungen durchgeführt werden, kann nicht geheim bleiben. Am Dienstagabend gibt es in allen Bars und Restaurants von Nizza nur ein Thema: diese Polizeiaktion. Am Mittwochmorgen fährt ›Nice Matin‹ die Story groß auf der Titelseite.

Die Öffentlichkeit weiß nicht, daß die Aktion nicht erfolgreich war. Was Nizza betrifft, so hat die Polizei angeblich die ›Kanalratten‹ gefaßt.

Spaggiari muß also von der Razzia gewußt haben. Die Freunde, Verwandten, Frauen und Freundinnen der Verhafteten sind spätestens um sieben Uhr morgens informiert.

Aber einen Albert Spaggiari rührt das nicht - er tut, als ob ihn das alles nichts anginge.

Er hätte das Land verlassen können, er hätte fliehen können. Wenn ihm das zu schnell gegangen wäre, hätte er bei einem Freund oder in einem Hotel oder in der Unterwelt Unterschlupf finden können.

Statt dessen fährt er nach Nizza, geht in seinen Laden und führt seine Frau in das Restaurant, wo er Stammgast ist. Leichter kann er es der Polizei nicht machen. Genausogut kann er sich persönlich auf dem Kommissariat in der Avenue Foch Nummer 1 melden.

Es ist möglich, daß er nicht genau weiß, wer alles verhaftet worden ist. Vielleicht weiß er aber auch, daß die beiden Hohlköpfe Pellegrin und Bournat festgenommen sind. Dann muß er in jedem Fall mit dem Schlimmsten rechnen. Aber er denkt nicht einmal daran, sich ein Alibi zu verschaffen. Es sieht ganz so aus, als ob er verhaftet werden will.

Es kann aber auch sein, daß er sich aus irgendwelchen Gründen für unverwundbar, für unangreifbar hält.

Er wird im Nonstop-Verfahren siebenunddreißig Stunden lang verhört. Und alles, was er sagt, ist: »Nein!«

Die Kripoleute wechseln sich beim Verhör ab. Sie machen Pausen, trinken Kaffee, essen Sandwiches und schlafen zwischendurch. Albert muß die ganze Zeit wachbleiben. Ruhig, beinahe phlegmatisch beantwortet er ihre Fragen. Er überhört ihre häufigen Zusagen einer geringeren Bestrafung, wenn er geständig ist. Er lächelt über ihre Drohungen.

»Er ist kalt wie ein Eisblock«, schimpft Claude Besson. Der sonst kaum zu beeindruckende Mann beginnt, sich über Spaggiari Gedanken zu machen.

Sie zeigen ihm das Dossier von der CIA mit seinem Geständnis. »Die habe ich angelogen«, sagt er ruhig.

Zwanzig Polizisten durchsuchten in Anwesenheit von Audi die Farm in Bézaudun. Sie finden nichts in dem Landhaus. Nichts, außer einer Schachtel Don Miguel-Zigarren und einer Kiste Wein der Marke Margnat-Village.

Draußen finden sie unter dem Hühnerstall ein Waffenversteck: Gewehre, Munition für mehrere tausend Schuß und eine Menge Dynamit. Sie untersuchen Quadratzentimeter für Quadratzentimeter mit einem Metalldetektor. Aber alles, was sie finden, ist ganz gewöhnliches Eisen - kein Gold.

Es ist nicht das, was sie suchen. Aber es reicht, um Albert wegen illegalen Waffenbesitzes anzuklagen. Dann, am Freitagmorgen gegen vier Uhr, hat einer der Beamten die brillante Idee, Audi mitanzuklagen.

Da bricht Albert sein Schweigen.

Er macht mit den Beamten einen Deal, damit Audi aus der Sache rausgehalten wird: Laßt sie in Frieden, und ich werde alles sagen.

Nicht in dem Geschäft enthalten sind: Die Namen der Komplizen und die Rückgabe der Beute. Dennoch freuen sich Albert Mouray und Claude Besson über ihren Erfolg. Die Katastrophe vom Dienstag verwandelt sich am Freitag in einen Sieg.

Sie haben den ›Kopf‹, das ›Gehirn‹, gefaßt.

Spaggiari wird dem Untersuchungsrichter, Richard Bouazis, am Samstag, den 30. Oktober, vorgeführt. Eine große Menschenmenge hat sich vor dem Justizpalast von Nizza versammelt: Reporter, Fotografen, Filmleute, Fernsehteams und viele, viele Neugierige.

Spaggiari liebt das. Er kostet den Rummel voll aus. Er ist elegant gekleidet, schaut selbstsicher und keineswegs niedergeschlagen um sich. Er lächelt und winkt und sagt zu den Reportern: »Nein, ich bedauere nichts - ich würde es wieder machen«, sagt er ins Mikrophon. Das gefällt den Leuten.

Ein Freund zupft ihn am Ärmel und flüstert ihm zu: »Mach dir keine Sorgen um Audi. Wir kümmern uns um sie.«

Im Gerichtsgebäude redet Spaggiari ununterbrochen. Er unterstreicht vor allem die Genialität seines Plans, er erzählt von der harten Arbeit unter der Erde, und er stapelt die Beute zu astronomischen Summen hoch: »Es waren weit mehr als hundertfünfzig Millionen Francs.« Doch die Polizei erfährt nichts, was ihr weiterhilft.

»Ich habe das Ding nicht für mich gedreht«, sagt er, »ich habe nur eine militärische Operation durchgeführt. Ich bin stolz darauf, ein Mitglied der ›Catenay‹ zu sein.« Die ›Catenay‹ ist eine Untergruppe der OAS, die sich darauf spezialisiert hat, ihren Leuten bei der Flucht vor der Polizei zu helfen. Allerdings ist man allgemein der Auffassung, daß die ›Catenay‹ nach 1960 aufgelöst worden ist.

»Ich habe keinen Centimes von der Beute behalten. Das Geld ist für die Unterdrückten in Jugoslawien, Portugal und Italien bestimmt gewesen. Aber ihr könnt euch ja nicht vorstellen, was wir alles im Tresor gefunden haben. Der Wert der Juwelen allein war weitaus größer als der des Goldes und des Bargelds.

Wir waren fortwährend im Kontakt mit der Außenwelt. Wir hatten zwei Wachtposten: Einer beobachtete die Polizei - wir wußten genau, wann ihr Patrouille hattet - der andere beobachtete den Wasserstand in den Kanälen.«

Die Polizei hat sich gewundert, warum die Bande nur so wenig Schließfächer aufgebrochen hat. Sie vermuten, daß das Gewitter am Sonntagnachmittag, dem 18. Juli, den Wasserspiegel ansteigen ließ. Daß die ›Kanalratten‹ Angst hatten, überflutet zu werden. Deshalb hätten sie frühzeitig die Bank verlassen. Spaggiari widerspricht ihnen: »Wir wußten genau, wie hoch das Wasser stand, und wir wußten, daß wir nicht in Gefahr waren. Der Grund, warum wir nicht mehr Boxen aufgebrochen haben, lag an der dicken Tresormauer aus Stahlbeton. Wir haben länger dafür gebraucht als vorgesehen.«

Als die ›Kanalratten‹ den Tresorraum verlassen hätten, so berichtet Spaggiari, seien sie alle sehr höflich gewesen: »Merci beaucoup, Monsieur le Directeur, merci, merci«, hätten sie im Chor gesungen.

Und noch etwas liegt ihm sehr am Herzen: »Sie können sich nicht vorstellen, was für eine harte Arbeit das war, den Tunnel zu graben. Wir arbeiteten Tag und Nacht - bis die Straßenkehrer kamen.«

Es ist den Beamten bald klar, daß Spaggiari solche Art von Geschichten endlos weitererzählen kann. Und er tut das auch. Den ganzen Herbst und Winter 1976/1977 über langweilt er damit den Untersuchungsrichter Bouazis. Einmal in der Woche, immer am Donnerstagnachmittag, kommt Spaggiari zum Verhör.

Immer und immer wieder macht ihm der Beamte klar, daß die Verhöre dazu dienen sollen, der Polizei weitere Informationen zu liefern. Er erklärt Spaggiari, daß er ihm die Geschichte nicht abnimmt, das Geld verschenkt zu haben.

Spaggiari jedoch tischt dem Untersuchungsrichter weiterhin eine Mischung aus Prahlerei, ungenauen Angaben, Ausflüchten und Lügen auf.

Und dann - es ist unfaßbar - geht dem Gerichtshof das Geld aus. (Das französische Gerichtssystem ist in seiner Anlage wohl einzigartig: Es müssen in dem jeweiligen Departement die Untersuchungen vorfinanziert werden.) Der Gerichtshof von Nizza nimmt deshalb bei der geschädigten ›Societé Générale‹ einen Kredit von zwölftausend Francs auf.

Ein paar weitere Verhaftungen folgen. Marie Françoise Astolfi wird aufgrund ihrer Tagebuchaufzeichnungen festgenommen. Daniel Michelucci und Michèle Seaglio werden ebenfalls eingelocht. Sie behaupten, an dem fraglichen Wochenende des Bankraubs im Casino von Aix en Provence gewesen zu sein. Daniel will die Goldbarren von einem Fremden in Italien gekauft haben. Weitere Barren werden samt Münzpresse von der Polizei in einem Haus in Marseille entdeckt.

Dominique Poggi, der von der gesamten französischen Polizei gesucht wird, stellt sich am 1. November. Zwei Tage vorher hat er sich bereits telefonisch gemeldet. Eine blonde Sexbiene im Leopardenfellmantel fährt ihn in einem weißen Matra-Simca zur Polizeistation am Boulevard Albert I.

Er ist ein dunkler Typ, hat gelocktes Haar und trägt einen beigen Samtanzug. Das Mädchen, eine wohlsituierte Schweizerin, fährt allein in ihr Appartement in Juan-les-Pins zurück.

Poggi streitet alles ab.

»Am Wochenende, als der Bankraub gestiegen ist, war ich in Farinole in meinem Haus auf Korsika. Eine ganze Reihe von Zeugen kann das bestätigen. Zur Villa in Castagniers fuhr ich nur für die Sex-Party. Wenn dieses Haus das Hauptquartier der ›Kanalratten‹ gewesen sein soll, dann ist das das erste, was ich höre. Und ein Spaggiari? Wie war der Name genau? Noch nie etwas von ihm gehört...«

Jedoch hat Francis Pellegrin ausgesagt, daß er Poggi dem ›Kopf‹ der Gang, Spaggiari, vorgestellt hat. Und Poggi wird wegen Beteiligung am Bankraub ins Gefängnis nach Nizza gebracht. Später jedoch widerruft Pellegrin seine Aussage: »Die Polizei hat mich unter Druck gesetzt: ›Poggi, immer nur Poggi. Gestehen Sie: Sagen Sie, daß es Poggi ist.‹ Schließlich habe ich ihnen erzählt, was sie hören wollten. Nur, um meine Ruhe zu haben.«

Doch in Wirklichkeit habe er Spaggiari jemandem ganz anderen vorgestellt - einem Typen, den er in einer Bar getrofffen habe. An den Namen dieses Mannes kann er sich nicht mehr erinnern.

Die Verhöre ziehen sich hin. Spaggiari unterschreibt einen Vertrag mit dem französischen Verlag Albin Michel. Er will seine Memoiren selber schreiben. Den Vertrag des Literaturagenten

Clemens von Bézard aus Nizza lehnt er ab, obwohl der ihm einen Vorschuß von zweihunderttausend Francs in bar anbietet. Insgesamt lautet der Vertrag über fünfhunderttausend Francs. Spaggiaris Anwalt, Jacques Peyrat: »Es geht ihm nicht ums Geld. Er will sein Leben und den Bankraub so beschreiben, wie er ihn sieht. Außerdem: Wer weiß, ob er nicht schon frei ist, bevor sie mit dem Buch fertig sind. Seien Sie froh, daß er den Vertrag nicht unterschrieben hat.«

Diesen eindeutigen Hinweis - man wird ihn später nur so auslegen können - gibt Spaggiaris Anwalt bereits Ende November 1976.

Spaggiaris Freunde sind sicher, daß er nicht aus Geldgier gestohlen hat: »Er ist intelligent, wagemutig und hat Nerven wie Drahtseile. Aber er ist noch nie der ›Kopf‹ einer Sache gewesen. Er hat immer Befehle empfangen wollen.« Auch seine Mutter kann es nicht fassen: »Bert war immer ein so guter Junge.« Und Audi sagt: »Ich habe keine Ahnung von dem, was da passiert sein soll.« Doch dann fügt sie hinzu, daß er wohl niemals einen seiner Kameraden verraten würde.

Der Direktor von Nizzas Kanalisationssystem, Monsieur Testan, macht eine Aussage. Auch er hat einmal einen Tunnel wie den der Kanalratten aussschachten müssen. Er bewundert: »Es war die härteste Arbeit, die ich je getan habe. Wir waren zu fünft und haben am Tag nur einen Meter geschafft. Man konnte immer nur zehn Minuten durcharbeiten. In einem so schmalen Raum kann man nur die Unterarme bewegen, und man muß es mit kleinen Werkzeugen machen. Das ist extrem schwierig. Hut ab vor den Gangstern.«

Die Mitreisenden von Albert und Audi nach Japan können es nicht fassen. »Wer hätte gedacht, daß so ein netter, höflicher, hilfsbereiter, wohlerzogener Mann der Kopf der ›Kanalratten‹ ist?«

In seiner Zelle macht Spaggiari zweimal am Tag Gymnastik. Er will sich fit halten. Anwalt Jacques Peyrat meint: »Seine Frau fehlt ihm sehr, aber seine Moral ist ungebrochen. Er denkt an seine Freiheit und das die ganze Zeit. Manchmal ist er wie ein Kind.«

Die Bewachung an solchen Donnerstag-Nachmittagen wird recht lasch gehandhabt. Spaggiari erscheint mit nur zwei Polizisten. Auf dem Gang des Gerichtsgebäudes im 2. Stock bleiben ihm meist fünf Minuten, in denen er mit Audi allein sprechen kann. Auch Clemens von Bézard trifft ihn hier: Spaggiari lehnt noch einmal - persönlich - das Angebot für ein gemeinsam zu schreibendes Buch ab und sagt: »Ich habe bereits mit meinen Memoiren begonnen, und ich werde sie auch weiterhin allein schreiben.«

Die Polizei ist sicher, daß Spaggiari irgendwann zusammenbricht. Er verlängert nur sein Leiden. Zum guten Ende wird er alles erzählen, und sie werden den Rest seiner Komplizen finden und den Fall abschließen. Sie haben keine Eile. Albert Mouray ist ein genauso geduldiger Mann wie der Untersuchungsrichter Bouazis. Beide haben Zeit.

Am Donnerstag, dem 10. März 1977, verlieren sie den Boden unter den Füßen, und eine Welt stürzt für sie zusammen.

X.
SPAGGIARI ZERSTÖRT EIN FAHRZEUG

Was verbirgt sich hinter dem
ewigen Lächeln von Albert Spaggiari?

Schlagzeile im ›Nice-Matin‹
am 3. November 1976

Der Gefangene sieht bleich aus. Er hat sein Frühstück nicht angerührt. Seit einigen Tagen hat er keinen Appetit mehr. »Ich fühle mich nicht gut«, sagt er dem Wärter. »Ich habe zuviel geraucht.«

Der Wärter, dessen Name Verrauld ist, behandelt Spaggiari mit großem Respekt. »Kann ich irgend etwas für sie tun, Monsieur?« fragt er zuvorkommend.

»Nein, danke. Ich brauche nichts.«

Verrault verläßt ihn, und Spaggiari steht auf und schaut in den Spiegel. Heute kommt es darauf an, er muß ganz normal wirken: Lächeln, Witze reißen, selbstsicher und sorglos erscheinen. Es ist ein Donnerstag wie jeder andere, und sein zwanzigstes Verhör bei dem Untersuchungsrichter wird genauso sein, wie es das neunzehnte war - bis auf eines...

Er zieht seinen bevorzugten schwarzen Samtanzug und das weiße Seidenhemd an und steckt die gewohnte Don-Miguel-Zigarre in den Mundwinkel. Als ihn die Polizisten um halb drei abholen, lächelt er freundlich, grüßt höflich und streckt ihnen seine Arme für die Handschellen entgegen.

Der graugrüne Polizeibus bringt ihn zum Gerichtsgebäude. Die üblichen zwei Polizisten auf dem Motorrad folgen als Bewachung. Zusätzlich folgt eine Eskorte von vier Kripobeamten in einem neutralen Wagen. Spaggiari weiß nichts davon. Richter Richard Bouazis hat diese Vorsichtsmaßnahme erst vor zwei Wochen angeordnet.

Spaggiari steigt die Marmorstufen des Gerichtsgebäudes hinauf. Mit einer Hand ist er an den einen Polizisten gekettet, der andere hält ihn am Arm fest. Beide Beamten sind bewaffnet. Albert nimmt immer zwei Stufen auf einmal und hält so seine Wächter auf Trab, demonstriert seine gute Form. Er hat ein eher vertrauliches Verhältnis zu den Polizisten.

Der Raum für das Verhör ist sehr klein. Er ist mit Linoleum ausgelegt, und die Wände sind eintönig grau-gelb gestrichen. An den Fenstern hängen keine Vorhänge. Das Zimmer ist überreif für eine Renovierung, und außerdem sollen demnächst Gitter vor den Fenstern angebracht werden. Das ist bisher immer verschoben worden, weil in der Gerichtskasse permanent Ebbe herrscht.

Rechts von der Tür steht ein mittelgroßer Tisch für den Untersuchungsrichter. Daneben steht ein mit Dokumenten überladenes Pult für die Protokollführerin. Es existieren genau vier Stühle und ein Aschenbecher.

Spaggiari kommt herein und begrüßt seinen Anwalt, Jacques Peyrat. Der breitschultrige, ehemalige Fremdenlegionär ist ein Freund von Bürgermeister Jacques Médecin. Er hat sich für die nächsten Wahlen als Stadtrat aufstellen lassen. Albert und die beiden Frères Jacques sind Duzfreunde. Sie kennen sich bereits aus der Zeit des Indochinakrieges.

Untersuchungsrichter Bouazis kommt herein. Die beiden Polizisten nehmen Spaggiari die Handschellen ab, verlassen den Gerichtsraum und schließen die Tür von außen ab.

Nur vier Personen bleiben zurück: Spaggiari, Peyrat, Bouazis und Mademoiselle Hoarau, eine Dame so um die Vierzig, mit streng zurückgebundenem Haar, die bereits Hunderte von Seiten während der Verhöre aufgenommen und getippt hat.

Bouazis stellt die ersten Fragen. Spaggiari raucht ununterbrochen und ist ausweichend wie immer. Um zehn vor fünf erinnert ihn der Untersuchungsrichter daran, daß er ihm in der letzten Woche einen detaillierten Plan von dem Bankraub versprochen habe.

Langsam greift Spaggiari in die Innenseite seiner Samtjacke und holt ein Stück Papier hervor. Er reicht es dem Beamten. »Voilà, hier ist alles, was sie wissen wollen.«

Bouazis faltet das Papier auseinander. Es ist bedeckt mit Linien, Zeichen und Eintragungen. Er betrachtet es mit wachsender

Ratlosigkeit. Plötzlich schaut er auf: »Was soll ich damit anfangen? Wo ist überhaupt die Messehalle eingezeichnet?«

Peyrat schaut seinen Freund und Klienten einen Augenblick an und ist über Spaggiaris Aussehen entsetzt. Der Anwalt sagt später: »Er war kreidebleich, ich habe ihn noch nie so verkrampft gesehen. Er sah aus wie eine Leiche. Plötzlich hatte ich Angst um ihn.«

Spaggiari steht auf: »Beruhigen Sie sich«, sagt er dem Untersuchungsrichter. Geschmeidig geht er durch den kleinen Raum, an Mademoiselle Hoarau's Pult vorbei, und tritt neben Richter Bouazis. Er lehnt sich über die Schulter des Magistrats und deutet auf den Plan: »Schauen Sie...«

Dann macht er einen Riesensatz zum Fenster, reißt es auf und springt hinaus.

Anwalt Peyrat schreit: »Nein, tu's nicht! Tu's nicht!« (»Ich dachte, er wolle sich umbringen«, gesteht er später.)

Der Untersuchungsrichter und der Anwalt springen von ihren Stühlen hoch und eilen zum Fenster.

Unter diesem Fenster, das sich im 2. Stock befindet, ist ein sechzig Zentimeter hoher Mauervorsprung, der einem Seiteneingang als Vordach dient. Dieser Eingang heißt Service Etrangers, und draußen bilden die Ausländer jeden Tag eine lange Schlange, um ihre Aufenthaltsgenehmigung und Arbeitserlaubnis zu beantragen oder verlängern zu lassen. Spaggiari springt auf diesen Sims.

Von dort aus hechtet er auf das Dach eines parkenden Renault 6 und beult es ein. Er läßt sich abrollen und landet mit beiden Beinen auf der Straße.

Neben dem Renault steht eine metallicgrüne Kawasaki 900 mit laufendem Motor. Der untersetzte Fahrer trägt einen Helm mit getöntem Sichtschutz. Spaggiari springt auf den Soziussitz.

Von oben ruft Untersuchungsrichter Bouazis verzweifelt: »Arrêtez-le! Arrêtez-le!« - aber niemand hält ihn auf.

Spaggiari ruft zurück: »Au revoir.« Und macht mit seinen Fingern das V-Zeichen - V wie victory - wie Sieg.

Die Passanten hören sein hämisches Lachen, als das Motorrad auf dem Boulevard Jean-Jaurès verschwindet.

Die Flüchtigen erleben noch einen bangen Augenblick, als ein Auto aus einer Parklücke ausschert und ihnen den Weg versperrt. Doch der Motorradfahrer ist geschickt genug, reißt seine Maschine herum und kann dem herausfahrenden Auto ausweichen. Er streift es nur geringfügig.

Inzwischen ist ein Polizist vor dem Gerichtsgebäude auf sein Motorrad gesprungen und beginnt die Verfolgung. Doch Spaggiaris Vorsprung ist zu groß, und der Polizist verliert die beiden sofort aus den Augen.

Die Polizei reagiert, so gut sie kann. Innerhalb von zehn Minuten werden alle Ausfallstraßen von Nizza kontrolliert, die französischen Grenzbehörden sind verständigt, alle Züge und Flugzeuge werden gestoppt. Eine Privatmaschine, die gerade gestartet ist, muß wieder landen. Eine unglaubliche Menschenjagd beginnt.

Aber es nützt alles nichts. Spaggiari ist spurlos verschwunden. Jedoch hat er des öfteren von sich hören lassen, der Presse und dem Fernsehen Interviews gegeben. Aber davon später.

Der Renault 6, auf dessen Haube er gelandet ist, sieht ziemlich demoliert aus und muß generalüberholt werden. Dem Besitzer, Monsieur Gonzales, bricht es fast das Herz. Sein Auto war so gut wie neu. Er wohnt in der Rue de Pontin, gleich neben dem Gerichtsgebäude. Sein funkelnagelneuer Wagen ist schon einmal beschädigt worden. Deshalb hat er ihn vor dem Gericht geparkt, weil er glaubte, daß er dort am sichersten sei.

Die Reparatur kostet ihn rund zweitausendachthundert Francs, und die Versicherung weigert sich, Monsieur Gonzales den Schaden zu bezahlen, weil für diese Art von Unfällen keine Paragraphen vorgesehen sind.

Alles, was er tun kann, ist, bei der Polizei eine Anzeige wegen Sachbeschädigung gegen Albert Spaggiari zu erstatten. Adresse: Unbekannt.

Es wird eine Geschichte mit Happy-End, die typisch für den Kopf des Superdings ist. Ein paar Tage später erhält Monsieur

Gonzales per Post eine Anweisung über genau den Betrag der Autoreparatur. Dazu hat Spaggiari noch ein paar Worte der Entschuldigung geschrieben.

Die Korken von sieben Flaschen Champagner knallen an diesem Abend in Spaggiaris Lieblingsrestaurant, ›Roi du Yan‹. Die alten Kameraden feiern.

Anwalt Jacques Peyrat fühlt sich dagegen in seiner Haut nicht wohl. »Er muß die Flucht geplant haben«, sagt er entschuldigend. »Er hat mich und den Untersuchungsrichter an der Nase herumgeführt.«

Auch die Gerichtsbeamten sind in einer peinlichen Situation. Bereits ein Jahr vorher ist ein Gefangener aus genau demselben Fenster entkommen. Den jedoch haben sie in der Altstadt schnell wieder einfangen können.

Und tiefgründig hatte Anwalt Jacques Peyrat bereits Ende November 1976 den Autoren dieses Buches erklärt: »Wenn er fliehen sollte, dann aus diesem Fenster.«

Auch die Polizei ist bis auf die Knochen blamiert und die Regierung nicht gerade erfreut. Innenminister Poniatowski hängt sich ans Telefon und befiehlt eine noch nie zuvor dagewesene Razzia: Am 10. und 11. März kämmen tausend Polizisten aus Nizza und Umgebung jedes einzelne Haus in der Altstadt durch. Sie fahren auch sofort zur Farm nach Bézaudun und müssen feststellen, daß auch Audi verschwunden ist.

Die Türen des Landhauses sind unverschlossen, die Fensterläden geöffnet, und niemand ist zu Hause. Die Polizei befragt den Nachbarn, Ange Goujon. »Ich habe die Hunde, Packa und Vesta, und die Hühner versorgt«, sagt er. »Aber ich habe geglaubt, daß Madame Spaggiari jeden Augenblick kommen würde.«

Audis Kollegin, die Krankenschwester Fabienne Nehr, sagt, daß sie Audi am 3. März zuletzt gesehen hat. »Sie fühlte sich nicht gut, und ich schlug ihr vor, für ein paar Tage in die Berge zu fahren. Das war das letztemal, daß ich sie gesehen habe.«

An diesem Tag erscheint Audi auch in dem Geschäft an der Route de Marseille mit einem kleinen Handgepäck. André Devésa, der inzwischen das Geschäft gekauft hat: »Sie erklärte uns, daß sie bis zum 25. März fortfahren würde. Sie machte einen müden Eindruck.«

Auch Spaggiaris Anwalt, Jacques Peyrat, weiß von Audis Kurzurlaub.

»Sie war total erschöpft von all dem Ärger. Sie wollte nichts mehr mit der Sache zu tun haben und aus Nizza verschwinden. Die anonymen Anrufe und Drohungen machten ihr sehr zu schaffen. Sie sagte, daß sie mit unbekanntem Ziel fortfahren wolle und ein paar Wochen wegbleiben würde.«

Audi ist natürlich die einzige neben Peyrat, die während der Untersuchungshaft mit Spaggiari Kontakt hat. Erinnern wir uns an die Fünfminuten-Gespräche, die da ganz offiziell auf dem Korridor des Gerichtsgebäudes stattfanden. Sie muß ihm die Details für die Flucht gegeben haben. Nun ist sie genauso verschwunden wie ihr Mann.

Die Polizei verhört die Zeugen der Flucht. Der Motorradfahrer in der Rue de la Préfecture hat von ein Uhr an dort gewartet. Er hat die Speichen seiner Maschine gereinigt. Die meiste Zeit über hat er seinen Helm getragen. Aber ein paar Minuten lang hat er ihn abgesetzt, und mehrere Leute haben sein Gesicht sehen können.

Kommissar Jacques Tholance, Nizzas Colombo, pfeift dreimal durch die Zähne und holt jubilierend die Fotos aller mutmaßlichen Komplizen Spaggiaris hervor.

Mehrere Zeugen erkennen sofort den Motorradfahrer wieder.

Es ist Gerard Rang, der achtundzwanzigjährige Besitzer des berüchtigten Chi-Chi-Nachtclubs in Haut-de-Cagnes. Er hat glattes, blondes Haar und ist leicht untersetzt. Auch er ist ein Rechtsextremist. Tholance fischt das Dossier von Rang heraus, das so dick ist wie das Telefonbuch von Paris.

Er und Spaggiari haben sich bereits zweier Verbrechen verdächtig gemacht: Einmal bei einem riesigen Aufkommen von gefälschten Schecks, die ganz Nizza im Sommer 1974 überschwemmten. Und dann mit dem profihaften Überfall auf die ›Banque de Paris und Pays Bas‹ in Nizza im gleichen Jahr.

Zu einer Verhaftung haben die Beweise bei beiden Verbrechen damals nicht ausgereicht.

Jedoch ist Rang überführt worden, ein betrügerisches Wettunternehmen geführt zu haben, bei dem er die Einsätze zwar eingestrichen, doch die Gewinne nie ausgezahlt hat.

Auch Rang ist einer der Klienten von Maitre Peyrat.

Und Jacques Tholance erinnert sich, daß während des Bankraubs ein Motorradfahrer während der gesamten Zeit am Rande des Flußbettes Wache geschoben hat. Dort, wo der Eingang zur unterirdischen Straße in das Kanalsystem ist.

Am Sonntag, dem 13. März um zehn Uhr vormittags, riegeln Kommissar Tholance und vierundzwanzig Polizisten einen Block der Luxus-Appartements der ›Arcadia‹, einer teuren Siedlung am Mont Fabront, ab, der hoch über Nizza liegt. Tholance geht zum Appartement 2F, mit Blick auf den Swimmingpool, und läutet an der Tür.

Nachdem er bereits mehrmals geklingelt hat, hört er von drinnen Lärm. »Öffnen Sie, Rang. Kommen sie raus. Sie haben keine Chance.«

Schließlich kommt die Antwort: »Okay, ich bin in fünf Minuten unten.«

Tholance erkennt Rangs Stimme. Er wartet. Fünf Minuten später öffnet Rang die Tür. Er trägt einen schwarzen Yves-St.-Laurent-Blazer, graue Flanellhosen und schwarze Stiefel mit hohem Absatz. Auf der Nase sitzt eine Ray-Ban-Sonnenbrille.

Er scheint sich sehr sicher zu fühlen. »Weshalb immer Sie mich auch verhaften, Sie machen einen großen Fehler«, sagt er. Tholance antwortet nicht. Er hat genügend Zeit.

Rangs Verteidigung ist überraschend schwach. Zuerst sagt er, daß er zwar eine 500er Maschine fährt, doch dann behauptet er, mit einer 900er Kawasaki nicht umgehen zu können. Niemand glaubt ihm das.

Dann kommt er mit seinem Alibi für die fragliche Zeit, in der Spaggiari so spektakulär aus dem Gerichtsgebäude geflohen ist.

»Ich habe zu dieser Zeit Tennis gespielt – im Club Arcadia.«

»Mit wem?«
»Mit mir selbst.«
»Wie kann man allein Tennis spielen?«
»Gegen die Wand.«

Dann wird Beweismaterial vorgebracht. Einer von Peyrat's Mitarbeitern kommt mit vier Mädchen der Arcadia-Siedlung, die bestätigen sollen, daß sie Rang beim Tennisspiel gegen die Wand gesehen haben. Der Mitarbeiter ist niemand anderes als Martine Wolf, die a) Peyrat's Partnerin ist und ebenfalls an den Verhören von Spaggiari teilgenommen hat, b) Rangs Freundin ist und c) erst vor kurzem eine Wohnung in der Rue de la Préfecture Nummer 5 gemietet hat, genau gegenüber dem Fenster, aus dem Spaggiari geflohen ist.

Rang ist tatsächlich zahlendes Mitglied beim Tennisclub Arcadia, aber niemand kann sich daran erinnern, ihn während der letzten zwölf Monate beim Aufschlag gesehen zu haben.

Kommissar Tholance ordnet eine Gegenüberstellung mit den Zeugen an. Die vier Mädchen können Rang nicht identifizieren. Sie haben zwar jemanden allein Tennisspielen sehen, aber ihre Wohnungen sind zu weit von dem Platz entfernt, als daß sie Rang genau hätten ausmachen können.

Tholance organisiert eine andere Gegenüberstellung. Diesmal sollen zwei Zeugen, die die Flucht beobachtet haben, Rang aus einer sechsköpfigen Reihe mit anderen blonden Personen herausfinden. Sie zögern keinen Augenblick – sie deuten auf Rang.

Rang wird wegen Beihilfe zur Flucht von Spaggiari angeklagt.

Am 19. März erfahren die Autoren dieses Buches von Spaggiaris Kameraden der OAS: »Wir haben es geschafft! Er ist außer Landes.«

Am 20. März wird Jacques Peyrat zum Stadtrat von Nizza gewählt.

EPILOG

Viele Grüße von Albert!

Postkarte von Albert Spaggiari an die Autoren
dieses Buches im April 1977

Weniger als eine Million Francs können von der Gesamtbeute sichergestellt werden: Das Gold, das Bournat verkauft hat, und die Barren, die im Schließfach von Daniel Michelucci in Brüssel gefunden werden, sowie das Gold in der geheimen Münzprägewerkstatt in Marseille.

Die ›Societé Générale‹ erhält nur dreißig Millionen Francs Schadenersatz von ihrer Versicherung, Lloyds in London. Höher ist sie nicht versichert. Den Rest muß sie und der französische Staat selber tragen.

Aber auf der Verliererseite stehen auch die Bankkunden, die den Reichtum in ihren Schließfächern weder der Steuer noch der Polizei angeben wollten.

Sieben Personen weigern sich strikt, irgendeine Aufstellung über den Inhalt ihrer Boxen zu geben. Es heißt, sie hätten Millionen verloren.

Einer jedoch erzählt in Nizza jedem, der es hören will, daß er am Wochenende des Supercoups eine halbe Million Francs verloren hat. Sein Name: Gérard Rang.

Spaggiari selber behauptet, daß er mit dem Superding weit mehr als hundert Millionen Francs gemacht habe. Im Spätherbst 1981 streitet er mit dem Chef der englischen Posträuber, Ronald Biggs, bei Whisky und teuren Havanna-Zigarren, in Rio de Janeiro darüber, wer von beiden der erfolgreichere, der größte Bankräuber aller Zeiten ist.

Wenn man den offiziellen Zahlen des Coups von Nizza nur halbwegs Glauben schenkt, steht ein Sieger von vornherein fest: Albert Spaggiari hat den Bankraub des Jahrhunderts geschafft.

Das größte Ding, das es jemals gegeben hat.

Es gibt allerdings eine Reihe von Fragen, die in dem Fall und nach der Untersuchung offen bleiben:

Warum hat die Kripo von Nizza nicht schon vor dem Bankeinbruch von der Sache gewußt?

Warum haben sie Spaggiari nicht festgenommen, nachdem er der CIA ein Geständnis abgelegt hatte?

Warum hat sich Spaggiari nach der Razzia am 26. Oktober nicht versteckt?

Für sich allein genommen, kann man die dritte Frage damit beantworten, daß Spaggiari größenwahnsinnig ist, und wie die meisten Größenwahnsinnigen glaubt, daß ihn die Götter lieben und schützen. Das Problem ist nur, daß irgend jemand tatsächlich die Hand schützend über ihn gehalten haben muß – aber wer? Und warum? Wieso lassen ihn seine Beschützer erst verhaften, um ihn dann wieder zu retten?

An diesem Punkt kommt unweigerlich die Politik ins Spiel. Nizza ist der einzige Ort in ganz Südfrankreich, wo rechts gewählt wird. Und rechtsradikal sind sie in dieser Geschichte alle – vom Bürgermeister bis zu Gérard Rang.

Die Hauptakteure des Supercoups sind auf faszinierende Weise miteinander verbunden: Der Bürgermeister ist gut mit Spaggiari und seiner Frau befreundet. Albert ist ein Komplize von Gérard Rang. Dessen Freundin ist Martine Wolf. Sie ist Partnerin von Jacques Peyrat, der wiederum ein enger Freund und direkter Mitarbeiter des Bürgermeisters von Nizza ist.

Die engen Beziehungen mit Spaggiari hätten jeden anderen Bürgermeister das Genick gekostet. Aber jeder andere Bürgermeister ist eben nicht Jacques Médecin. Die Familie Médecin ist die mächtigste Nizzas und die Hauptstraße der Stadt ist nicht umsonst nach Jacques Vater, ›Jean Médecin‹, benannt worden. Auch er war bereits Bürgermeister. Außerdem ist Jacques Médecin ein enger Vertrauter und Freund des ehemaligen französischen Staatspräsidenten Giscard d'Estaing.

Die OAS taucht in dieser Geschichte immer wieder auf. Spaggiari wie auch einige seiner Komplizen ist einer ihrer Mitglieder. Und die OAS rühmt sich auch, Spaggiari außer Landes gebracht zu haben.

Ist es möglich, daß Sympathisanten der OAS ihn von höchster Stelle aus vor den Nachforschungen der Polizei geschützt haben? Wir können nicht mehr tun, als diese Fragen aufwerfen.

Und wenn er geschützt wurde, bleibt immer noch die Frage, warum er dann überhaupt verhaftet wurde und später fliehen konnte.

Sein ganzes Leben lang hat Spaggiari große Ideen und Träume gehabt, aber niemand gab ihm eine Chance. So ist es möglich, daß er zum Schluß die Sache selber in die Hand genommen hat, daß er sehr wohl zu einem Superding fähig gewesen ist. Alles weist darauf hin.

Aber wir müssen auch eine andere Möglichkeit aufzeigen: Daß Spaggiari nur der Befehlsempfänger eines anderen, bisher völlig unbekannten Supermannes des gesamten Unternehmens war. Entweder ein Meisterverbrecher oder ein politischer Fanatiker.

Indem sich Spaggiari festnehmen ließ, kann er den eigentlichen Drahtzieher geschützt haben. Wenn das so ist, dann hat derjenige Glück gehabt oder ausgezeichnete Beziehungen. Denn die Polizei von Nizza hat sich nie Gedanken darüber gemacht, daß vielleicht ein ganz anderer hinter dem Bankraub des Jahrhunderts steckt. Sie suchten und suchen nur den einen: Spaggiari.

Wenn diese Hypothese stimmt, ist auch ein anderes Rätsel aufgeklärt: Der Bankraub auf der Ile St. Louis in Paris.

Wie wir bereits geschrieben haben, sieht es a) nicht danach aus, daß ein und dieselbe Bande ein weiteres, kleines Ding dreht, nachdem ihr bereits hundert Millionen Francs in die Hände gefallen sind. Aber es ist b) unwahrscheinlich, daß zwei völlig verschiedene Banden zur gleichen Zeit auf ähnliche Art und Weise den Tresorraum einer ›Societé Générale‹ knacken.

Jedoch ist es durchaus möglich, daß ein Supermann die Idee für die beiden Einbrüche gehabt hat und sie von zwei verschiedenen Banden getrennt, in zwei Städten zur gleichen Zeit, ausführen ließ.

Folgen wir dieser Hypothese bis zum logischen Ende. Dann könnte der Drahtzieher der Superdinger Albert Spaggiari für seinen Plan benutzt haben, mit einer Deckung von höchster Stelle. Damit aber die Öffentlichkeit nicht unruhig wird, und die Polizei auch den Schuldigen findet, läßt sich Spaggiari verhaften, aber man ist nicht sicher, daß er alle Verhöre durchsteht und verhilft ihm zur Flucht. Was kann der Supermann noch mehr tun, um seine Identität zu wahren?

Nun, er kann Spaggiari töten lassen.

Im Herbst 1977 tauchen in Nizza tatsächlich Gerüchte auf, daß Spaggiari tot ist. Jedoch werden diese bald von einigen öffentlichen Auftritten des Monsieur Albert zerstreut.

Er schickt den Journalisten vom *Nice Matin* eine Postkarte: Sie zeigt sein Porträt, und er trägt einen schwarzen Mantel und eine Baskenmütze – vielleicht, um einen neuen Haarschnitt zu verbergen. Der Gruß lautet: »Bien le bonjour, d'Albert!«

Ein Graphologe vergleicht die Schrift mit der von Spaggiari und erklärt sie für identisch.

Albert schreibt auch an *Nice Matin*, daß Gérard Rang nicht der Mann ist, der die Kawasaki 900 gefahren und ihm zur Flucht verholfen hat.

Die Postkarte, der Brief und das Geldmandat, das er dem Besitzer des beschädigten Renault 6 geschickt hat, sind alle in Nizza abgestempelt. Das will jedoch nichts heißen.

Die alten Kameraden aus dem ›Roi du Yan‹ erzählen fröhlich bei Wein und Spaghetti: »Wir haben ihn damals rausgebracht. Und jetzt ist er in Südamerika in Sicherheit.« Die Aufregung ist verflogen, über das Superding ist Gras gewachsen.

In dem bescheidenen Prozeß des Jahrhundertbankraubs werden nur fünf kleinere Haftstrafen ausgesprochen. Der Hauptangeklagte Spaggiari fehlt und wird in Abwesenheit zu zwanzig Jahren Gefängnis verurteilt.

Für Dominique Poggi werden vom Staatsanwalt zwar ebenfalls zwanzig Jahre gefordert, doch er wird mangels Beweisen freigesprochen. Und auch Audi, die zwei Monate nach ihrem Verschwinden, ohne Angabe von Details nach Nizza zurückkehrt, wird freigesprochen.

Sie führt – allein – das bescheidene Leben der kleinen Krankenschwester in der Praxis an der Route de Marseille und fährt am Wochenende auf ihre Farm nach Bézaudun, wo sie von den glücklichen alten Zeiten träumt, als sie noch mit Albert Spaggiari zusammenlebte.

Monsieur Albert dagegen führt endlich das erträumte Leben eines Playboys und Multimillionärs. Auf einer Hazienda irgendwo in Südamerika läßt er die Puppen tanzen und badet, wie er Reportern in Interviews freizügig erklärt, in Champagner.

P.S. Für die besonders gute Zusammenarbeit bedanken wir uns bei der Polizei, den Behörden und der Unterwelt von Nizza.

Die Autoren

POSTSCRIPTUM

»Tout me fait rire«

»Ich finde alles zum Lachen«

Es ist Samstag, fünf Uhr morgens, der 10. Juni 1989. Ein anthrazitfarbener Peugeot mit dunkelgetönten Scheiben rast durch die Straßen von Hyères in Südfrankreich.

Der Wagen wäre völlig unauffällig, wenn er nicht so schnell fahren würde. Schließlich hat er französische Nummernschilder und ist das Modell, was so viele französische Bürger bevorzugen.

Er gleicht dem metallgrauen Peugeot, der vor dreizehn Jahren eine Schlüsselrolle in diesem Ganovenstück gespielt hat. In dem Stück, in dem die Societé Générale von Nizza um hundert Millionen Francs, rund sechzig Millionen Mark, gebracht wurde. Der Peugeot bleibt unbemerkt im Morgengrauen, selbst, als er mit quietschenden Reifen vor dem Haus von Madame Juliette Clèment zum Halten kommt. Im Inneren des düsteren Hauses der älteren Frau findet ein seltsames Schauspiel an diesem Morgen statt.

Der Fahrer des Peugeot und ein Beifahrer öffnen ihre Türen. Beide Männer reisen incognito. Sie tragen schwarze Overalls und Masken. Sie sehen aus wie exotische Kriminelle oder, als ob sie einem James-Bond-Film entsprungen seien. Die Masken und die Bekleidung verleihen den ohnehin obskuren Erscheinungen noch etwas Unheimlicheres.

Die beiden Gangster sind sehr nahestehende Vertraute zu einem Dritten, der im Fond liegt. Die zwei flüstern hektisch auf italienisch, öffnen eine der hinteren Türen, beugen sich vor und heben behutsam den dritten Mann aus dem Auto. Er trägt nicht die ninja-ähnliche Kleidung seiner zwei Freunde, die ihn in solcher Heimlichkeit hierhergebracht haben.

Er hat sich nicht verkleidet, weil – was immer an Polizeiaktionen an diesem Morgen passiert – es in seinem Leben keine Rolle mehr spielen wird.

Er ist tot. Sein Name: Albert Spaggiari.

Aber selbst, wenn er noch leben würde, wäre es unwahrscheinlich, daß er sein Gesicht hinter einer gewöhnlichen schwarzen Maske verstecken würde. Seine Arroganz und sein übermächtiges Selbstbewußtsein würden diese Art von Verkleidung nicht zulassen. Davon abgesehen ist Spaggiari kein Mörder oder ein Volksfeind. Er ist ein ›einfacher‹ Bankräuber, der für seinen Ruf einiges getan hat.

Jahrzehnte sind vergangen, seit er in seiner wilden Jugend davon geträumt und es sogar vorbereitet hat: General Charles de Gaulles zu exekutieren und weitere Terroranschläge für die äußerste Rechte in Frankreich auszuführen. Und selbst wenn Spaggiari aufgehört hat, der Obrigkeit ins Gesicht zu spucken, hat er niemals aufgehört, über sie zu lachen.

Die Vermummten strecken sich, atmen durch und tragen den Leichnam vom Peugeot zum Seiteneingang von Madame Juliette Clèment´s altem Bauernhaus. Die Besitzerin und einzige Bewohnerin des Gebäudes, Madame Clément, ist Spaggiari´s Mutter. Sie lebt hier seit 55 Jahren. Damals war Klein-Albert zwei Jahre alt.

An diesem Junimorgen schläft sie tief, als der Wagen vorfährt.

Die zwei Einbrecher haben keine Schwierigkeit, ins Haus zu gelangen. Sie tragen den Körper durch die Finsternis und suchen nach dem Küchentisch, ohne Licht zu machen.

Vorsichtig legen sie den Toten ab. So wie in einer Leichenhalle, nur ohne Sarg und ohne Blumen. Und still und heimlich schleichen sie sich wieder aus der Küche und aus dem Haus. Die Türen des Peugeot schlagen zu und der Fahrer gibt Gas. Die alte Frau wacht vom Lärm des Wagens auf, und es dauert nicht lange, dann findet sie den Toten in ihrer Küche. Madame Clèment hat ihren Sohn Jahre nicht gesehen. Aber hier liegt er nun – auf einem Tisch.

Später am Tag, gegen Mittag, stehen die Polizisten von Hyères und andere französische Beamte in der Küche der trauernden Mutter. Sie kümmern sich um die Bestattung, nachdem sie Albert

Spaggiari fotografiert, seine Fingerabdrücke genommen und ihn auch sonst gründlich untersucht haben.

Nach mehr als zwölf Jahren ist es das erste Mal, daß irgendein französischer Polizist Albert Spaggiari so nahe gekommen ist. Dem Chef und Organisator des Bankraubs des Jahrhunderts.

Dem Mann, der mit ein paar Helfern 1976 das tollste Ding unter den Straßen von Nizza drehte: er raubte um die einhundert Millionen Francs: in cash, Gold, Schmuck und wertvollen Steinen aus dem Tresor der wichtigsten Bank der Stadt. Der Mann, der das gesamte französische Rechtsgefüge aus den Angeln gehoben hat und zugleich die ganze Welt mit seinen Possen amüsierte, ist nun endgültig den Händen der Polizei entglitten.

Im Alter von 57 Jahren ist er an Lungenkrebs gestorben. Albert Spaggiari hat es den Behörden noch einmal erlaubt, ihn zu sehen, ohne sie jedoch hinter seine vielen Geheimnisse kommen zu lassen.

Denn selbst, wenn er hier vor ihnen liegt, klärt das nicht die Fragen, die sich die örtliche Polizei, Interpol und alle Geheimdienste der Welt stellen. Frech wie er war, konnte er nicht widerstehen, sie alle immer wieder mit Hilfe der internationalen Presse zu verhöhnen. Eigentlich sollte man meinen, daß jemand, der mit soviel Geld verschwindet, sich von den Behörden fernhält: Aber Spaggiari ist da anders.

Er ist so egozentrisch, daß die Medien begeistert hinter ihm stehen. Selbst, wenn er, in Abwesenheit, zu zwanzig Jahren Gefängnis verurteilt worden ist, versteckt er sich nicht. Spaggiari prangt auf den Titelseiten von Europas Illustrierten, und er foppt ununterbrochen die Polizei mit seinen Interviews und Fotosessions. Unvergleichlich ist wohl seine berühmte Postkarte, die er mit »Bien le bonjour, d'Albert!« unseren Autoren geschickt hat. Abgestempelt in Nizza. Einen Monat, nachdem er aus dem Fenster des Justizpalastes gesprungen ist.

Alles, was der Polizei bleibt, ist Spaggiari immer wieder in anderer Verkleidung auf Fotos in der Presse bewundern zu dürfen. Schäumend müssen sie von seinem wilden und luxuriösen Leben in Südamerika erfahren. Nur, daß sie nicht selbst dahinterkommen, sondern die Medien dazu brauchen.

Für seine hilfreiche Einstellung gegenüber der Presselandschaft wird er fürstlich entlohnt. Das macht ihn natürlich noch schärfer.

Als Spaggiari an einem sonnigen Donnerstag nachmittag im März 1977 aus dem Palais de Justice flieht, ist er innerhalb von zehn Minuten verschwunden. Erst geht es nach Italien, dann nach Südamerika. In Paraguay findet er bei dem ultrarechten Diktator Alfredo Strössner Unterschlupf. Ähnlich wie einst unser aller Konsul Weyer.

In der Zeit, in der er auf seiner Ranch bei Assunçion ein ausschweifendes Leben führt, wird er ein guter Freund des Generals. Sie träumen von einer weltweiten ultrarechten Herrschaft und sind ein Herz und eine Seele.

Du kannst ihn aber auch am Strand des Südatlantik sehen, in fröhlichem Gespräch mit Super-Posträuber Ronald Biggs. Mit Havannas, Schampus und den schönsten Brasilianerinnen im Arm, an der Copacabana von Rio.

Albert unterzieht sich mehreren plastischen Operationen und zeigt sich vor Fremden nie ohne Verkleidung. Es heißt sogar, daß er niemals ein und dieselbe trägt. Hinter seiner Frechheit steckt also doch immer genügend Vorsicht.

Spaggiari's Streiche hören mit seinem Verschwinden nicht auf. Die Art, wie er die Polizei provoziert, ist eine maßlose Unverschämtheit.

Sein Ego und seine Eitelkeit treiben ihn von Interview zu Interview. Und seine Honorare werden immer höher. Wenn er den Bankraub des Jahrhunderts nicht gemacht hätte, so könnte er von seinen Presseeinkünften wunderbar leben.

Drei Tage vor seinem Tod telefoniert Albert Spaggiari mit seiner Mutter in Hyères, um Abschied zu nehmen. Er ruft sie aus Italien an und sagt ihr, daß er seit langem an Lungenkrebs leidet.

Er hofft, seine Mutter noch einmal zu sehen und versucht eine Reise nach Hause zu organisieren. Was er nicht weiß: Dieser

Anruf soll sein letztes Gespräch mit ihr sein.

Seine zwei Gefährten sorgen aber dafür, daß er zu seiner Mutter nach Hyères kommt. So kehrt Spaggiari in seine Heimat zurück. Sehnsüchtig erwartet von Mutter und Polizei, die so viele Jahre auf ihn gewartet haben. An diesem 10. Juni 1989 weiß jeder, daß es zu spät ist, irgendwelche Fragen zu stellen. Die Fragen, die man sich all diese letzten zwölf Jahre gestellt hat.

Albert Spaggiari nimmt sie mit in den Tod. Er hat die Obrigkeit bis in die Ewigkeit hinters Licht geführt.

Sofort nach seinem Verschwinden wird sein Haus in der Toscana in Italien bis auf den letzten Stein untersucht. Sie finden nichts. Nur ein rundes Schild aus Olivenholz über dem Eingang seines Schlafzimmers, in das mit großen Lettern geschnitzt ist:

»Tout me fait rire.«

»Ich finde alles zum Lachen.«

Lieber Leser!

Was lesen Sie am liebsten?

Die Programmpalette der edition DAX im Betzel Verlag reicht von Lyrik über Kurzgeschichten bis zu Romanen, Reiseberichten und Tagebüchern. Geschrieben von deutschsprachigen Gegenwartsautoren, insbesondere auch neuen Talenten!

Möchten Sie - kostenlos und unverbindlich - Informationen über unsere Neuerscheinungen erhalten? Dann schicken Sie uns eine Postkarte! Bitte notieren Sie, welche Themen Sie besonders interessieren. Oder fragen Sie Ihren Buchhändler.

Einige Kostproben finden Sie auch schon auf den folgenden Seiten. Alle Titel sind erhältlich bei Ihrem Buchhändler.

Der den Kopf riskiert

von Gunter Göring

Wo unsere täglichen Nachrichten aufhören, beginnt dieser Roman. Der Autor ist Berufspilot und beleuchtet die Hintergründe des weltweiten, illegalen Waffenhandels. Ein Buch für alle, die Ihren Kopf nicht verlieren wollen.

COOL

Der Jahrhundert-Bankraub in Nizza

Cool und clever nimmt sich Spaggiari das Geld und den Schmuck der Reichen und Mächtigen.

Ein Thriller...von R. L. Maurice und KEN FOLLET, Autor der Weltbestseller: „Die Nadel", „Die Löwen", „Dreifach", „Der Schlüssel zu Rebecca", „Die Säulen der Erde"

Wider den Hass

Ausländer, wer ist das?

Das Buch besteht aus Einzelbeiträgen der aufgelisteten Künstler, Schriftsteller und Journalisten, die sich engagiert zum Thema Fremdenhaß, Rassismus und Intoleranz äußern.
Die Beiträge sind in Form von Kurzgeschichten, Erzählungen, Gedichten, Aphorismen, Liedertexten, Glossen, Kommentaren, Zeichnungen und Fotobearbeitungen. Die Publizisten, einschließlich des Herausgebers, haben auf jeglichen Honoraranspruch verzichtet: Ihr Honoraranteil - und der entsprechende Anteil des Reinerlöses - werden an die gemeinnützige Institution „Kinderkrebshilfe" gespendet, die zur Zeit u. a. strahlengeschädigte Kinder aus der Umgebung von Tschernobyl intensiv betreut. Und sogar diese Kinder haben die Auswirkungen den Fremdenhasses am eigenen Leib erlebt, als letztes Jahr ein Heim der „Kinderkrebshilfe" in Deutschland von Neo-Nazis überfallen wurde.

Bestell-/Preisliste

Betzel-Bücher

		DM	öS
Der den Kopf riskiert	Gunter Göring	35.00	285,–
Wider den Hass	Hrg. Bernhard Ganter	20.00	165,–
Cool, Bankraub von Nizza	Ken Follett	20.00	165,–
Caxito	Gunter Göring	30.00	246,–
Mistral	Marvin Albert	25.00	205,–
AO Dai	T.Vo	15.00	123,–
Sequenzen 1972-1980	Klauke	158.00	1.295,–
Zuba Rea 3b	Lischka	38.00	312,–
Genie Gibt's	Lischka	38.00	312,–
Nachzüngler	Achim Nöchel	38,00	312,–
Morgentau	Sara G. Turan	20,00	165,–

Edition Dax-Reihe

Der Star und der Wurm	Dieter Hatje	20.00	165,–
Guten Tag, fröhliche Stunde	H.Rauch/J. Axamentow	20.00	165,–
Besinnung sucht ich nur	Helga Rauch	20.00	165,–
Besinnung fand ich hier..	Helga Rauch	20.00	165,–
Liebesbriefe	Helga Rauch	20.00	165,–
Bericht aus Leningrad	Helga Rauch	15.00	123,–
Eine Bande von Verrückten	Philip K.Dick	22.00	180,–
Der Mühlengeist	Rolf Appel	20.00	165,–
Das kurze Glück d.GustavOtto Meyer	Rolf Appel	20.00	165,–
Inselimpressionen	Lilly Malchow	15.00	123,–
Eselsohren auf Mallorca	Ingrid Brase-Schloe	25.00	205,–
Moin Oldemoor	Ingrid Brase-Schloe	25.00	205,–
Grenzlanddrosseln	Ingrid Brase-Schloe	25.00	205,–
K&K in Gravenstein	Ingrid Brase-Schloe	25.00	205,–
Taube auf dem Dach (Kinderbuch)	Carola Münzel	15.00	123,–
Cairo Mena House	Christine Keiner	15.00	123,–
Am Ende vom Fließband	Ernst Broers	15.00	123,–
Ken	Erwin Fischer	20.00	165,–
Mezzosopran	Waltraud Tolkemitt	15.00	123,–
Hallo, Kurt!	Cornelia Lippert	15.00	123,–

		DM	öS
Der kühnen Bahn nur folgen wir.(I)	Arno Herzig/	15.00	123,–
Der kühnen Bahn nur folgen wir (II)	Günter Trautmann	15.00	123,–
Neue Deutsche Literatur 91	Autorenauswahl	15.00	123,–
Neue Deutsche Literatur 92	Autorenauswahl	15.00	123,–
Neue Deutsche Literatur 93	Autorenauswahl	20.00	165,–
Ein Augenblick birgt 1000 Erleben	Francois M.Presley	15.00	123,–
Es geschah einmal	Elisabeth von Ulmann	25.00	205,–
Skulptur und Wort	Elisabeth von Ulmann	15.00	123,–

Reidar-Reihe

Durchbruch zum Verkaufserfolg	Les Dane	35.00	285,–
Neue Kunden leicht gefunden	Les Dane	35.00	285,–
Die erfolgreichen Verkaufstechniken	Les Dane	35.00	285,–
Wie Profis Computer verkaufen	Reinhold Stricker	35.00	285,–
Verkaufstraining	Jürgen Bürgin	30.00	246,–

EK Concept-Bücher

Käse/Wein Kalender	EK Concept	14.80	122,–
Salate haben immer Saison	Ernährungsberater	14.80	122,–
Creatives Backen	Ernährungsberater	14.80	122,–
Für aktiv Junggebliebene	Ernährungsberater	14.80	122,–

ARD-Fernsehbücher – EK Concept

Marienhof, Buch zur Serie	ARD	14.80	122,–
Marienhof, Gartenbuch	ARD	14.80	122,–
Marienhof, Kochbuch	ARD	14.80	122,–
Rudis Tiershow, Rudi Carrell	ARD	14.80	122,–

ZDF-Fernsehbücher – EK Concept

Denis der Virusdetektiv	ZDF, Jugendserie	9.80	80,–
Öko Welt, Begleitbuch	ZDF, Jugendserie	9.80	80,–
Liebe auf den ersten Blick	ZDF, Gameshow	14.80	122,–

SAT.1-Fernsehbücher – EK Concept

			DM	öS
Mann - O - Mann		SAT 1, Nightshow	9.80	80,–
Gerda Aurich-Frisch auf den Tisch		SAT 1, Kochstudio	12.80	104,–
Irland,	Reiseführer	SAT 1, Traumreisen	7.95	65,–
Holland,	Reiseführer	SAT 1, Traumreisen	7,95	65,–
Salzkammergut,	Reiseführer	SAT 1, Traumreisen	7,95	65,–
Tschechoslowakei,	Reiseführer	SAT 1, Traumreisen	7,95	65,–
Mallorca,	Reiseführer	SAT 1, Traumreisen	7,95	65,–
Costa Blanca,	Reiseführer	SAT 1, Traumreisen	7,95	65,–
Costa Brava,	Reiseführer	SAT 1, Traumreisen	7,95	65,–
Costa del Sol,	Reiseführer	SAT 1, Traumreisen	7,95	65,–
Italienische Riviera,	Reiseführer	SAT 1, Traumreisen	7,95	65,–

RTL-Fernsehbücher – EK Concept

Barcelona	RTL plus	14.80	122,–
Abenteuer/Sport	RTL plus	14.80	122,–
Unglaubliche Reisetips	RTL plus	14.80	122,–
Kulinarische Spezialitäten	RTL plus	14.80	122,–
Tutti Frutti, Bildband	RTL plus	14.80	122,–
Tutti Frutti, Kalender 1993	RTL plus	19.80	162,–
Schloß am Wörthersee (I)	RTL plus	14,80	122,–
Schloß am Wörthersee (II)	RTL plus	14.80	122,–
LI-LA-Laune Bär (I)	RTL plus	9.80	80,–
LI-LA-Laune Bär (II)	RTL plus	14.80	122,–
Mein Leben für die Wildnis, Sielmann	RTL plus	19.80	162,–
Bilder des Jahres 1992	RTL plus	14.80	122,–
Gut Gehts, Kochbuch	RTL plus	9.80	80,–

RTL-Video

1. Nebelwälder Zentralafrikas	RTL plus	29,80	245,–
2. Afrika - Das Rift Valley	RTL plus	29,80	245,–
3. Galapagos - Arche im Pazifik	RTL plus	29,80	245,–
4. Südamerika - Wildnis am Äquator	RTL plus	29,80	245,–
5. Nordamerika - Letzte Wildnisse	RTL plus	29,80	245,–
6. An den Küsten des Eismeeres	RTL plus	29,80	245,–
7. Europa - Brücken des Vogelzuges	RTL plus	29,80	245,–
8. Australien - Buschwildnis	RTL plus	29,80	245,–
9. Ozeanien - Meere, Inseln, Riffe	RTL plus	29,80	245,–

Fernsehbücher von EK CONCEPT

RUDIS TIERSHOW – Das Buch zur Rudi Carrell-Show

Die amüsantesten Auftritte und Berichte von Hunden und Hundehaltern in Form kleiner Storys, die reichhaltig durch Porträts/Szenenphotos illustriert sind;
Ein 'tierpsycholgischer Ratgeberteil' der den Leser/Betrachter systematisch und zugleich spielerisch durch die Untiefen und Wirrnisse der Mensch-Hund-Beziehung führt (ergänzt durch attraktives Bildmaterial);
In Form von 'Steckbriefen' werden die wesentlichen Merkmale/Entwicklungsschritte/Bedürfnisse/
Eigentümlichkeiten beliebter Hunderassen dargestellt.

Aktuell informiert reisen - mehr erleben.

Abwechslung und Abenteuer sind das Motto dieser TRAUMREISEN-Buchserie. Für alle, die ihren Urlaub mal ganz anders verbringen möchten. Wer seinen Urlaub gern auf Achse verbringt, Überraschungen liebt und auf neue Eindrücke gespannt ist, wird von diesen TRAUMREISEN-Führern begeistert sein.
Der Autor Frederic Meisner ist gleichzeitig auch der Moderator der SAT.1-Serie, die sich bereits jetzt ein begeistertes Zuschauer-Publikum gesichert hat.

Traumreisen - Routen, die nicht jeder kennt.

Frederic Meisner ist Tausende von Kilometern gefahren.
Autobahnen, Landstraßen, Feldwege. Jeder Tag war traumhaft. Traumhaft anders. Auf neuen, wenig bekannten Routen kann man vom Alltag abheben. Wunderschöne Landschaften, Einsamkeit, Weite, Berge und Meer. Dann wieder Städte voller Trubel, Begegnungen mit Menschen und Geschichte. Ein bißchen Kultur, Schlösser, Kirchen und Museen. Und immer wieder genießen: In Spezialitätenlokalen ohne Touristennepp den Tag nachklingen lassen...

Fernsehen zum Blättern - die Traumreisen-Serie von SAT.1 für das Urlaubsgepäck

Mit allen wichtigen Informationen zum Nachlesen:
Essen und Trinken - Strände und Küsten - Flora und Fauna - Kunst und Kultur - Feste und Feiern - Bazare und Märkte - Sport und Spiel - Strecken und Straßen - Hotels und Restaurants - Verkehrsbestimmungen und Nachbarregionen.
Kurz-Infos von A bis Z und ein umfangreiches Register dienen der raschen Erschließung des Kompaktreiseführers, der 128 Seiten voller Fakten und Anregungen, Tips und Insider-Empfehlungen enthält.

Der Kleine Sprachführer sorgt dafür, daß es einem in keiner Situation - ob an der Grenze, beim Einkauf oder im Restaurant - die Sprache verschlägt. Und wenn man das Pech haben sollte, ausgerechnet während der Urlaubsreise zu erkranken - der Gesundheitsratgeber weist den Weg durch den Dschungel der medizinischen Institutionen des Urlaubslandes.

Doch damit noch lange nicht genug: Neben Stadtplänen und Straßenkarten findet man im TRAUMREISEführer alles über Autoclubs, Werkstätten und Tankstellen, Devisenbestimmungen und Versicherungstips, Reisewetter und Reisegeld.

TRAUMREISEN - der Erlebnis-Reiseführer, der neue Maßstäbe in der Klasse der Kompaktreiseführer setzt. TRAUMREISEN - der Reiseführer für unvergeßliche Erlebnisreisen, der keine Fragen offen und keine Träume unerfüllt läßt.

BARCELONA
Insider-Tips rund um die Olypmiastadt

Rechtzeitig zur Oympiade'92 erscheint dieser Reiseführer zur RTLplus-Sendung >EIN TAG WIE KEIN ANDERER<. Die olympischen Sportstätten, die touristischen Angebote zur Olympiade stehen ebenso im Mittelpunkt wie das kulturelle Zentrum Barcelonas. Sehenswürdigkeiten, Veranstaltungs-Hinweise, Ausflugsziele, Einkaufstips - das alles wird dem Leserin bewährter >Ein Tag wie kein anderer<-Manier geboten.

Unglaublich – Der Weltatlas der Kuriositäten

Der Reiseführer zur RTLplus-Serie >EIN TAG WIE KEIN ANDERER<. Dieser Reise - Ratgeber präsentiert Land und Leute, Sitten und Gebräuche, nicht in Form von Fakten: Das Besondere, das nahezu Unglaubliche steht im Vordergrund. So viele Anekdoten, so viele lustige und >unglaubliche< Geschichtchen... da kommt automatisch Fernweh auf!

Kulinarisch – Spezialitäten aus aller Welt

>EIN TAG WIE KEIN ANDERER< einmal kulinarisch:
Spezialitäten aus aller Herren Länder und Tips für den Einkauf von Original-Zutaten - Profiköche aus aller Welt verraten in diesem Buch ihre Geheimnisse. Allen >EIN TAG WIE KEIN ANDERER<-Fans wird dieses Menü munden. Denn auch dieses Buch sättigt die Neugier auf das Außergewöhnliche.

Abenteuer – Sport-Tips für Aktive

Wer Paragliding, Climbing, Air-Surfen und andere Extrem-Sportarten nicht nur via Mattscheibe erleben möchte, braucht diesen Spezial-Reiseratgeber aus der RTLplus - >EIN TAG WIE KEIN ANDERER< - Redaktion. Die aufregendsten Sportarten werden hier in Wort und Bild vorgestellt. Dazu heiße Tips für Anfänger und Profis: Wo treffen sich die Könner? Wie plant man einen Aktiv-Sport-Urlaub?

Welche Region empfiehlt sich für welche Sportart?...

LI-LA-LAUNE-BÄR

Metty Krings und der LI-LA-LAUNE-BÄR sind längst zu den Publikums-Lieblingen der kleinen RTLplus-Zuschauer geworden. Das Buch zur beliebten RTLplus - Kinderserie ist eine >bärenstarke< Sache! Ganz in Farbe präsentiert dieses Spiele- und Beschäftigungsbuch auf 128 Seiten Spiel-, Bastel- und Zaubertricks.
Das Buch zur Sendung fördert die Lust der Kinder, aktiv mitzumachen und sich mit den Tips und Bastelanregungen zu beschäftigen.

Sielmann 2000 – Das Buch zur TV-Serie

Der bekannte Tierforscher Heinz Sielmann ist weltweit wegen seiner faszinierenden Naturforschungen und Dokumentationen bekannt. Er ist unablässig bemüht, uns allen die Wichtigkeit der Erhaltung der Natur vor Augen zu halten: Sehen, lesen, reagieren. Sielmann 2000 ist der Serientitel der neuen RTLplus-Fernsehdokumentation, in der wir alle aufgefordert werden: Rettet die Wildnis! Dies ist das Buch zur Fernsehserie, das alle fantastischen Bilder dazu zeigt. Mit dem Kauf dieses Buches wird der World Wild Fund für Nature (WWF) unterstützt.

Die Videos zur TV-Serie
Alle 13 Folgen von Sielmann 2000 sind auf Video erhältlich:

* Nebelwälder Zentralafrikas
* Das Afrikanische Rift Valley
* Arche Noah im Pazifik
* Urwälder am Äquator
* Arktische Tundra
* Die Everglades von Florida
* Buschwildnis Australien
* Unentdecktes Paradies
* Indischer Subkontinent und Maliischer Archipel
* Meere, Inseln und Riffe
* Das Hochland
* Nord-und Ostseeküste
* Die Zukunft der Wildnis